我和镜头下的乡村趣事

毛竞杨◎著

中国农业出版社
北　京

图书在版编目（CIP）数据

我和镜头下的乡村趣事 / 毛竞杨著. -- 北京 ：中国农业出版社, 2024. 10. -- ISBN 978-7-109-32465-7

Ⅰ. I253

中国国家版本馆CIP数据核字第2024QA1129号

我和镜头下的乡村趣事
WO HE JINGTOU XIA DE XIANGCUN QUSHI

出版人：刘天金

中国农业出版社出版
地址：北京市朝阳区麦子店街18号楼
邮编：100125
策划编辑：刁乾超
责任编辑：宁雪莲　　文字编辑：任红伟
版式设计：李　爽　　责任校对：吴丽婷　　责任印制：王　宏
印刷：北京中科印刷有限公司
版次：2024年10月第1版
印次：2024年10月北京第1次印刷
发行：新华书店北京发行所
开本：700mm × 1000mm　1/16
印张：13.5
字数：200千字
定价：68.00元

推荐序一

肖东坡

中宣部文化名家暨四个一批人才
国务院特殊津贴专家，全国金话筒奖获得者
中国农业电影电视中心《乡约》栏目制片人、主持人

岁月滚烫，泥土芬芳。

这世上总会有突如其来的遇见和始料未及的欢喜，当然也会有猝不及防的再见和毫不留情的散场。日子并非都是繁花锦绣，所有的好，不过是来自内心的满足和眼中的热爱。作为记者，我与竞杨有很多相似的经历，天南海北、春夏秋冬、风土民情、精彩人生，感动、惊奇、辛苦、无奈，百般滋味中更多的是事务的琐碎与事业的压力，而这本书却把落点放到一个“趣”字上，哎呀，所谓生活的强者不就是在泥泞的路上，保持一颗玩泥巴的心嘛！若你决定灿烂，山无遮，海无拦。

人总是间接性的热闹，持续性的孤独。这本书却能以独特的视角打开我们的视野，让我们在平淡无奇的日子里发现大千世界里的无限新奇：为什么娶新娘要“偷偷摸摸”？千年棺木里到底有什么秘密？蜘蛛网做成的衣服是什么样？在双胞胎小镇住上一段时间能生双胞胎嘛？人活到108岁会有怎样的人生况味？攒一辈子钱，就为请一次客？这是一个怎样的心愿？读上一读，细细品味，会让我们慢慢理解世界，好好地更新自己。

不是生活有意思，是热爱生活，才有意思。人生海海，无论我们定锚哪一地带，都将赋予我们热爱生活的理由。虽抱文章，开口谁亲。且陶陶、乐尽天真。几时归去，作个闲人。对一张琴，一壶酒，一溪云。人这辈子除了死法都是活法！最好的活法就是不论做什么，我们都能乐于其中。书中无论是小海狮还是大鸵鸟，小香猪还是小黑熊，琢玉成器的玛瑙和三九寒冬的捕获，千度高温淬炼的传奇和半个多世纪存茶，那些执着与传承的背后，无不是“择一事，终一生”的热爱与选择。“此中有真意，欲辨已忘言”，要知道，使唐僧成为唐僧的，不是经书，而是那条取经的路。而让我们记住一个寻常日子的理由，只是因为我们曾为这一天付出过特别的努力与诚恳。

有时候，我们不懂他人选择的人生，是因为没有见过他所见到的风景。书中记录的刻骨铭心的人物，让我们见到了一些精彩人生的真实一幕。不羁者勇做真我，自由者跨越万难，但观世界，见众生，你的脚下既是岸。他们心向往之行必能至，他们循梦而行向阳而生，他们真诚质朴恪守本真，他们勇于探索挑战自我，他们倾情奉献造福一方，还有，还有亲情滋味相伴永远……人生总有风雨，但时间永远向前。原来这世上百分之九十九的问题，都可以通过让自己变得更好来解决。原来目标从来就不遥远，只是一步步，一天天。也会让我们时常反思：人生只有两条路，要么赶紧去死，要么精彩地活着。不是世界选择了你，是你选择了你的世界。你不甘的每一个当下，原来是另外一个人遥想的圆满。趁着微风正好，趁着一切都在，趁还来得及……

总是挂在嘴上的人生，就是你的人生，人总是很容易被自己所说出的催眠。视角有趣——是一扇窗，透过它我们看到了世界的另一面；是一本书，翻开它我们阅读了生命的不同篇章；是一场梦，追逐它我们体验了现实与幻想的交织。结论有趣——是一盏灯，指引我们在知识的海洋中航行；是一把钥匙，开启我们心灵深处的智慧之门；是一场演出，每一个幕落都带来新的启示和深刻的思考。人生有趣——是一条路，每一步都充满了新鲜和挑战；是一幅画，每一笔都记录了喜怒哀乐；是一首诗，每一句都蕴含了深意。

爱默生说：一个人对世界最大的贡献，就是让自己快乐起来。这是一本落点为“趣事”的书，从那些令人捧腹的趣事、让人泪目的感动中，很多人会找到自己的影子，听到心灵的回响吧。原来生活中那些看似平凡的瞬间，是隐藏在日常中的传奇，都蕴含着不平凡的意义。我们总会纠结：究竟是过了365天，还是只过了一天，重复了365遍呢？管他呢，一切事情的结局都是美好的，如果不好，那它就不是结局。

遇事不决，可问春风。春风不语，即随本心。悲观的人还在愁眉不展，乐观的人已经在路上啦。

推荐序二

江小鱼

电影导演、影评人、编剧、作家，曾获文化部文化新闻奖、中央人民广播电台评委特别奖

毛竞杨（毛毛）的《我和镜头下的乡村趣事》即将由中国农业出版社出版了，由衷地为她高兴，这部书凝聚着她夜以继日的付出和心血，这其中的每一个字都可以看出她为工作所倾注的全部努力和快乐。

不觉认识毛竞杨都快十年了，她是我心中永远的毛毛。这近十年的交往不知不觉已是完全亲人的关系，看着她写的字，眼前浮现出她或喜或怒或哭或乐的样子，无数次深入的交流，内心总是心爱加心疼。

毛毛是我见过的所有漂亮的女孩中工作最认真投入的，不敢说第一，至少排前三位。她一见面就是谈工作，且一谈轴劲儿就上来还没完没了了，经常把我谈烦了，赶紧抛开工作岔开话题劝她赶紧去谈恋爱，不要把大好年华全部浪费在工作上，这是对青春和生命的最大浪费。可毛毛对谈恋爱从来只有幻想不见行动，永远只闻其声不见其行，我甚至站在王阳明“知行合一”和海德格尔《存在与时间》的中外哲学高度，劝诫她谈恋爱对包括她自己在内的人类存在的重要性以及生命的终极关怀和意义。

在许多个月朗星稀或夜黑风高的时刻，我总是从存在主义的角度谆谆告诫她，时间不仅是一种单纯线性的工作序列，而且还包含了更深层次的存在意义，其中恋爱与工作不是血海深仇、势不两立的敌我关系，而是相互依存的彼此展开和实现，且恋爱与工作一样也存在于时间之中，把时间适当放在恋爱上是自古以来人类存在的基本结构之一，人类通过恋爱的时间概念来理解和塑造自己的存在。但可是，可是但……每次不等我苦口婆心地叨叨完，只见毛毛手捧卡布奇诺，一双美丽的大眼睛一闪一闪亮晶晶地看着我，饱含着深情且款款地陷入了思索，然后缓缓而纯真地问道：“江老师你说得太好了，那按这个思路你觉得我们这期选题是站在乡村振兴的角度还是从当地农民奔小康的主题上去展开才更好呢？”

毛毛虽然在感情问题上完全处于人类的原始蛮荒状态，毫无任何悟性可言，但她在工作上确实是全情投入，不做他念，仿佛工作才是她全部的爱情与心灵寄托。除了锻炼身体、充实自我，剩下的时间都扑在工作上，让我既无奈又感动。偶尔毛毛在我无数次的批评下，也会弱弱地自责一句：“我这样一心扑在工作上，是不是有点变态呀？”我说：“呵呵你还不如变态呢？”毛毛瞪着迷惑可爱的大眼睛问：“为什么？”我说：“哼，‘变’的上半部分加上‘态’的下半部分是‘恋’字，你觉得自己做到了吗？”

毛毛除了不懂谈恋爱，其实她也是一个非常浪漫、热爱生活、富于幻想、容易生气和暴躁的永远的小少女，她的穿着、车内和房间的布置一律是粉红色系，代表了她最真实的内心世界。她总是随时随地地把最新的工作计划和成绩告诉我，去年的某一次见面，她叨叨地告诉我，她打算写一本书，出版社都找好了。我说你工作这么忙你有时间写吗？她说我每天写几千字，半年就写完了。果然后来见面的日子里，她几乎每次都会告诉我又完成了多少多少字，见面分手时又会补充说，今天还差多少字没完成回家就写。然后有一天毛毛雀跃地告诉我说书写完了。然后出版社通过了，然后封面设计出来了，然后的然后，然后让我写这篇文字，把对她的爱恨情仇都写出来，然后说快写快写那谁谁谁都写好了，正在现场拍戏的我被她逼急了只好说，明天最迟明天的明天，她说说话算话，不给绝交。

于是在七月的这个清晨有了这篇文字，期待毛毛的这本书大卖，最后更有个小小的期待，期待毛毛可以稍微放下手中的工作，在继续一如既往地全神贯注全力以赴致力于伟大的乡村振兴的同时，也花一些时间谈一谈恋爱，适当也关心自己的小生活，让美好的青春不负韶华，美好的大眼睛永远神采飞扬。

自序

收到各位大咖老师为我写的序和书评，我被震撼到了，老师们都是各自领域的翘楚，有着斐然的业绩，在我眼中是高山仰止一般的存在，原来在这些了不起的尊师们眼里我是这样的……学者司马南老师夸我“记忆力好、永远不知疲倦”（看看热爱游泳，坚持健身13年的威力有多大）；歌手李琛老师写道：留着齐刘海戴着个发卡，一看就是刚毕业的清纯小女生，一双水汪汪的大眼睛一眨一眨地（勾起了我对大学时期美少女的自己的无限眷恋）；看到主持人刘栋栋老师写：这个色彩太毛毛了！粉色是她的最爱，大到汽车车身，小到指甲头饰，色彩统一得令人惊奇，她怎么能集齐那么多粉色物件？（一不小心说出了我多年的小秘密：世界破破烂烂粉色缝缝补补）；主持人肖东坡老师写道：书中无论是小海狮还是大鸵鸟，小香猪还是小黑熊，琢玉成器的玛瑙和三九寒冬的捕获，千度高温淬炼的传奇和半个多世纪的存茶，书中那些执着与传承的背后，无不是“择一事，终一生“的热爱与选择（看出了我一根筋、不放弃的本性）；导演江小鱼老师说：毛毛虽然在感情问题上完全处于人类的原始蛮荒状态，毫无任何悟性可言，但她在工作上确实是全情投入，不做他念，仿佛工作才是她全部的爱情与心灵寄托（对我待事业如恋爱脑的无情揭露）；农业专家宁启文写道：作者用真挚的情感和细腻的笔触，描绘了一线采访的艰辛与欢乐，以及她在追寻梦想的路上所遇到的挫折与成长。这本书让我们看到了她的坚韧不拔、敢闯敢拼的精神，以及她对生活无限的热爱与向往（谢谢领导的真诚表扬，此处有掌声）……看到书评我笑着笑着就哭了，为这份对我深入骨髓的理解和共情吧……

记得2022年5月我满怀激动的心情去请教肖老师，问他，您觉得这书该怎么写呢？肖老师淡淡地说：想怎么写就怎么写。听到这话我有点蒙，还夹杂点失望，这算是“肖氏写作秘诀”吗？从2022年12月3日敲下第一个字，到2023年6月24日，11多万字的书稿完成，中间经历了出差、拍摄采访、直播等繁杂的工作，半年来我拒绝了所有的无效社交，过着半封闭式的生活，甚至在大年二十九、大年初二，阖家欢乐的日子里，我一人在北京，沉浸在写字的快乐中，有时候才思泉涌，一天三五个小时能写五六千字，在别人看来枯燥、艰苦的码字生活，在我看来充实又很酷，因为那不是写字，那是在写我的青春啊，15年一线采访的战斗时光！现在看来很感谢肖老师的那句：想怎么写就怎么写。因为每个人的青春、人生从来不能被定义！有人说青春最大的悲剧在于你明明知道她的可贵，但是却抓不住她！我想说，我抓住了，在我人生最宝贵的年华，我游走在祖国的山山水水，阡陌乡村，闻着泥土的芬芳，去听、去看、去体验，每一个不曾被辜负的日子都热辣滚烫！

天性活泼、爱拼、敢闯、爱出奇创新的我，在北京上大学的时候，就很喜欢阿基米德的那句：给我一个支点，我能撬起地球！出了社会才发现，撬起自己都难，别说地球了。从小爸爸就说：将来我什么也不会给你留，你要靠自己。靠自己，这三个字，看起来多么简单、容易认，但是没有深夜痛哭过的人，不足以谈“靠自己”的人生！上大学时，年还没过完，瘦瘦小小的我就拖着大箱子，直接从火车站进剧组实习，弱小的身躯里藏着一颗倔强的小心脏，那时候我告诉自己，永远要“靠自己”！学费自己挣，房子自己买，车也是送给自己的生日礼物……作为一个南方姑娘，刚来北京，干燥的冬天直流鼻血到现在鼻血是啥？闻到香菜就头晕到现在无香菜不欢……生活上的苦，咬咬牙都能挺过去，但是精神上的，尤其是创作上的苦，让人万箭穿心。创作理念的不同——当你用自己独特的风格去表达的时候，周围很多人不接受、不认可，因为这种风格形式以前没有过，或是不符合所谓的规范，你是异类，就会被打压、排挤。我喜欢创新，讨厌一切死板、无趣的东西，创作也是，按司马南老师的话说，毛毛永远在别出心裁，永远想弄出新点子。对于我来说：不创新，毋宁死。可想而知，这一路经历的磨砺、批评、暴风骤雨般的苛责，痛苦、伤心、委屈……流过的眼泪用几十个大缸都装不完。哭过之后呢？认命？还是躺平？多少个夜深人静的时候，自己把一颗早已稀碎的心掏出来缝缝又补补，然后一觉醒来，日上三竿，又是元气满满的一天。生命本来是没有意义的，可贵之处在于我们赋予了它独特的意义。我觉得自己从来就是那颗顽强的小草，顶着万斤重大石头从缝隙中使劲往外钻，冒出小芽芽，栉风沐雨，勇敢绽放！虽然“已是悬崖百丈冰，犹有花枝俏！待到山花烂漫时，它在丛中笑！”这是我们每一位奋斗、打拼的人的真实写照！

但是在成长蜕变的路上，我也认识了生命中至关重要的人，在我人生的重要节点上给予指引支持；在我工作的迷津中点亮航灯；在我生活的苦涩中送来慰藉滋养；为我累累的伤疤上长出了新的血肉，为我纤细的身躯生出华美的翅膀！每一位有着知遇之恩的老师，都铭刻在我的内心深处那片最纯粹的领地，岁月在流逝，但是这份恩情永驻！

书评

宁启文

中国农业电影电视中心党委书记、主任

这是一次追梦之旅，作为有15年采访经历的一线资深记者，用脚步丈量了青春、奋斗与成长，用镜头记录了心灵的洗礼与灵魂的触动。作者用真挚的情感和细腻的笔触，描绘了一线采访的艰辛与欢乐，以及她在追寻梦想的路上所遇到的挫折与成长。这本书让我们看到了她的坚韧不拔、敢闯敢拼的精神，以及她对生活无限的热爱与向往。它不仅仅是一本书，更是一个时代乡村的见证，一个青春的缩影。强烈推荐你阅读这本书，与作者一起感受那份追梦的激情与勇气！

宁启文

司马南

独立学者，社会评论家

看了毛毛写的关于我和她十年前合作拍摄节目的章节，文章写得非常之好，毛毛的记忆力真好，那么多细节我都忘了，她居然都还记着。我跟着毛毛采访过南北几个地方，她是具有职业素养的优秀记者、导演，永远不知疲倦，永远别出心裁，永远想弄出新点子，把节目做得更好。节目在中央电视台已经播过了，好些获了奖，而那些节目后边的故事记录下来更有必要，这是社会学意义上的特别文本。

司马南

梁克刚

观念艺术家、当代艺术策展人、建筑师

只有灵魂非常干净，内心有着大爱，生性善良又积极阳光的人才能够在四处奔波繁重疲惫超强负荷的采访拍摄工作中发现点点滴滴的美好、浪漫、谐趣！而毛毛正是这样的人，她的这本书不是简单的工作记录，更不是采访节目的流水账，而是她在最美好的年华中在行走天下中收集的鲜花、光和彩虹！

认识毛毛很多很多年了，一直知道她是一个阳光乐观、积极努力、异常勤奋的国家新闻机构农业节目的知名记者，长年在外采访拍摄。因为大家都忙碌，所以也很少有机会见面，印象中偶尔也会小聚，虽然我比她大很多，但我们也会像多年默契熟知的老朋友一样，互相讲讲近段时间的经历，倒倒苦水、发发牢骚、聊点八卦。

2018年我刚好有机会主导参与了位于安徽省铜陵市郊区的一个艺术乡建项目，我也就想到了在国家新闻机构工作的毛毛，我建议当地政府正式发出邀约，邀请毛毛的节目组来铜陵看看，那次的采访拍摄任务很繁重，中途又遇上节目组的摄像老师深夜突发疾病，善良热心的毛毛也是忙前跑后，在当地文旅局领导的协助下通宵未眠张罗摄像师的紧急入院治疗，让我也看到了一个充满爱心、遇事不慌、勇于担当的女汉子！总的来讲那次的拍摄也算顺利，毛毛带着节目组的几位同事也出席了我们铜陵田原艺术季热闹的开幕式和500人的稻田宴！从此我们也结下了深厚的友谊。

前不久毛毛兴奋地告诉我，她把自己多年里在四处奔波的采访拍摄中遇到的很多趣事、发现的各种美好、见识的诸多神奇，整理了出来，以她自己的一种轻松随性的

文字方式书写了出来，书名暂定为《我和镜头下的乡村趣事》，也希望我看看书稿为她写个书评，我知道这是一份难得的信任，有此殊荣者也不过寥寥几人，都是毛毛尊重信任的老师或老朋友，不由得我也感到“压力山大”、诚惶诚恐。

不过当书稿发来后，尽管我也在连续出差的颠簸之中，还是一口气看完了而欲罢不能，毛毛根据多年采访拍摄的经历描写整理出来的三十余篇妙趣横生、有感而发的小见闻小故事被分在四个版块里，分别是少数民族风情篇、绝活才艺非遗篇、铭心刻骨人物篇、获奖篇，文字既朴素又生动，各地的风土人情、拍摄采访中遇到的各色人等，都在毛毛的文字里活灵活现、生动有趣，这可能也是毛毛从事多年电视媒体工作的原因吧，她的文字描绘充满了镜头感、画面感，伴随着对文字的阅读，你的脑海中就会出现她文字中描绘的场景、人物、事物、事件，仿佛都是立体的、彩色的、动态的。我确实很少有机会看电视，更是很少能专门找到央视的农业农村频道去看。毛毛的节目组十几年来采访制作的大量的专题节目，但是看了毛毛的书稿，就感觉是在看一个个动态的影像节目，当然比起其他央视的节目，书中描绘更多的是毛毛个人视角下的理解与体悟，更加充满着个人的情感判断和价值关注，也更有趣味和亮点。

看完毛毛的书稿，一方面我非常羡慕毛毛走遍祖国山川大地、遍赏天下奇趣风物的工作模式和经历，另一方面又会隐隐地有点心疼，俗话说“光看见贼吃肉，没看见贼挨打！”，从这些清新、轻松、诙谐的文字背后，也能稍许感受到她工作的繁重与艰辛，也能想象出她那娇小的身躯，背着沉重的采访设备带着摄制组奔走在机场、高铁站、长途站、乡村公路、草原大山、田间地头、江河湖海、村落山寨等各种场景之中！

梁克刚

2024 年 7 月 4 日于蓬莱

刘栋栋

第五届“金牌主播广播电视十佳”主持人
中国农业电影电视中心《致富经》栏目制片人、主持人

看到书名之前，虚着眼看这本书的封面，就知道这本书出自毛毛。这个色彩太毛毛了！粉色是她的最爱，大到汽车车身，小到指甲头饰，色彩统一得令人惊奇，她怎么能集齐那么多粉色物件？五星上将麦克阿瑟曾说：喜欢粉色的女性，就算活到一百岁也是一位少女。

和其他喜欢浪漫电影、甜宠小说的少女不同，毛毛喜欢往乡村跑，向泥土里钻。我想，那里有这个姑娘的情怀和寄托，有她的心心和念念。记者是什么？记者就是记着，替大家伙记着这个光速发展的时代里，那些慢悠悠地传承了千载的习俗、规矩，此心安处是吾乡。记者就是记着，替大家伙记着在A轮B轮天使轮的时代里，乡村里也有一群汗珠子摔八瓣却在不断打拼的创客们，广阔天地大有作为。所以，读这本书，喜欢小黑熊、大鸵鸟的朋友们，读到的是乡野之趣；热爱乡土中国的朋友们，读到的是山川之秀；怀揣梦想的朋友们，读到的是奋斗之美；而每一个热爱生活的朋友，都可以读到生活之本。

“世上只有一种英雄主义，就是在认清生活的真相之后，依然热爱生活”，罗曼·罗兰诚不欺我。谢谢这个爱穿粉衣服的姑娘，用对生活和事业的坚定乐观，让我们有勇气继续赶路。

毛毛，你爱粉色，我粉你。

刘栋栋

李　琛

歌唱家、中国残奥会爱心大使

看了毛竞杨导演写的这本书，一下子把我的思绪拉回到了以前。书中一次写到“15年来我大概拍摄了33个民族……”，第二次又提到“15年来5000多个日夜的拍摄，让我领略了各个少数民族的独特风俗……”我差点笑出了声，哈哈哈，我和她认识可不止15年了，也合作过很多次。

因为演唱《窗外》走红，我和央视打交道非常频繁。在央视的一个节目组里，和我多次合作过且非常熟悉的一位资深大导演把一个漂亮小女孩领到我面前，跟我说：“这是咱这期节目的编导，一切都由她负责和安排”。我当时记不住毛竞杨这个名字，我就和她剧组的同事们一起叫她毛毛。留着齐刘海，戴着个发卡，一看就是刚毕业的清纯小女生（后来得知她那时候还在读书实习），一双水汪汪的大眼睛一眨一眨地盯着我问这问那的，把我问了底朝天还不够，又跟我约在第二天、第三天还得再谈谈。这是我很少遇见的录制前对嘉宾采访如此详细认真的编导，所以印象极为深刻，后来她在完成了台里的录制部分后又随我到外地演出，一路跟拍了好几天，很是辛苦但极为认真且雷厉风行，俨然是一个经验丰富的大导演风范，且听我娓娓道来……

写到这里我必须踩刹车了，要再这样写下去这就不是书评了，这就成了我出的书了哈哈……此处忍痛省略十万字……后来跟着她在农业频道录制节目……参加她主持的各种晚会……

总之这是一本非常值得一看的书，简直就是一本图文并茂的编导日记。不仅能了解电视节目制作播出的台前幕后以及作者本人的成长经历，更能跟随作者感知更大更远、丰富多彩的世界……

祝愿读者和作者都越来越好，也拜托大家看完书后一定要听听我的歌，这本书里也有我歌中所唱的故事！感恩！感谢！

李琛

朱之文

歌唱家，曾获2012年度中国民歌榜最佳歌手奖

感谢毛毛老师十年前对我的采访，我们一直是好朋友。在我眼中，毛毛老师人好、漂亮，工作那么认真，半年多写成了这本书很了不起，向毛毛老师学习，祝《我和镜头下的乡村趣事》顺利发行，畅销全国，大家多多支持记者毛毛！

朱之文

目录 CONTENTS

铭心刻骨人物篇

获奖篇

少数民族
风情篇

细细地数了一下，我们国家的56个民族，15年来我大概拍摄了33个民族，他们分别是汉族、满族、蒙古族、回族、藏族、维吾尔族、苗族、彝族、壮族、布依族、侗族、瑶族、白族、土家族、哈尼族、哈萨克族、傣族、黎族、佤族、畲族、拉祜族、景颇族、柯尔克孜族、土族、达斡尔族、羌族、布朗族、撒拉族、毛南族、朝鲜族、塔吉克族、乌孜别克族、裕固族等。对待事业就如同“恋爱脑”的我来说，这些少数民族的很多生活趣事、文化习俗到现在我都能说得津津有味，记忆力好是其次，主要是每一个民族都是那么特别、鲜活、生动，有着蓬勃的生命力和各自的民族性格，而核心和灵魂是他们有着各自的民族精神。各民族精神凝聚成了中华民族的爱国主义精神。爱国并不是一句口号，我曾经在加拿大游学的时候，在蒙特利尔市的地铁里，听到一位中国大叔拉小提琴《我爱北京天安门》的曲子，我的眼泪就扑簌簌地掉下来，出了国的游子才知道自己有多热爱自己的国家。我觉得采访生涯还有遗憾——如果还有机会能把另外的23个少数民族也拍摄采访了，集成56个民族，那该有多自豪!

哭得越伤心才是好新娘

这场土家族婚礼是我2011年6月在重庆黔江拍摄的，在央视七套《乡土》栏目播出，名字叫《哭比笑好的喜事》，当年年底在中国农业电影电视中心获得了优秀节目三等奖，从此拉开了我“每年都要得奖”的人生小目标的序幕。节目播出后收视率名列栏目当月前茅，当时有资深老师问我：毛毛，你的那场婚礼是真的还是假的？我笑而不答，甚至有些暗自窃喜，看来这场婚礼拍得挺成功，要不这么有经验的老师还会看不出来么？

通常我们参加的婚礼，新娘子一定是当天最美的人儿，而且现场气氛一定要热烈、要嗨、要闹起来。但是过去的土家族婚礼可不是这样！她们可以不美，但是一定要会哭，而且要哭得梨花带雨、哭得天昏地暗，在她们看来，喜事不哭不热闹、不哭不好看！这到底是为啥呢？她们哭祖先、哭爹妈、哭自己，除了自己哭，还得有一群姐妹妯娌陪着哭，可以对哭、群哭，哭得好就被人称赞，哭得不好就被人耻笑，哭上一个月才算圆满。当地还有一些爹妈会为女儿请来哭嫁娘，为女儿传授哭的经验。平常看来，在婚礼上哭多少有点不吉利！但是对于传统的土家族新娘子来说，不哭就不准出嫁！这伤心的哭泣是衡量女子才智和贤德的标准，谁家的姑娘不善于哭，就会被认为无才无德。看到这，您肯定心里暗自感叹：这也太特别了吧！哭得不好这婚还结不了了？但是如果我们多了解一些土家族人的历史，就能知道她们爱哭的秘密了！

土家族主要分布在湘、鄂、渝、黔交界地带的武陵山区。过去姑娘出嫁一般都不在同村，嫁到山高路远的外村，老话说，嫁出去的姑娘泼出去的水。所以在过去，出嫁后的土家族女人，一辈子都会很难再见到娘家人。远嫁，让人肝肠寸断。所以在出嫁前的一个月，姑娘和家里的妯娌们围坐一圈天天哭，边哭边唱哭嫁歌。歌词是这样的：一哭我的妈，不该攀冤家，十七八岁哩哩啰，走婆家哩哩啰。看似埋怨妈妈的狠心，把自己远嫁他乡，实际是对母亲和家人的不舍，感恩妈妈的养育之恩。不过，这接下来可是“哭里藏刀”，要开始骂人了！歌词是这样的：二哭这媒人，媒人她瞎眼睛，把我变成哩哩啰，外姓人哩哩啰。而这媒婆可不是软柿子，早已叼着旱烟袋杵在门口，吧嗒吧嗒抽上几口旱烟，彪悍如虎妞，脑门子直发烫，这好心哪能被当作驴肝肺呀！这口气不能咽，她立马回骂：天上乌云不下雨，地上无媒不成亲，不是我媒婆嘴巴巧，你还在娘家做活去！骂完还有些许得意，惹得门口看热闹的老乡们哄堂大笑。这一骂一回，大家都见怪不怪了。过去多少有些包办婚姻、媒妁之言的成分在，新娘借机表达了自己的不满，媒婆也撒撒气。不过如今土家族老乡们早都自由恋爱了，而这种骂媒婆的有趣习俗却在有些传统婚礼中保留了下来。在拍摄中，我们发现这些职业哭嫁娘，都是很有“专业精神”的，从开机，我们不喊停，她们会一直哭，哭得双眼红肿，“嘤嘤声”一片，堪比职业演员。可能是参加了村里太多次的土家族婚礼，她们练就了一身泪点低、随时泪如雨下的本领。所以拍摄很顺利，比较真实地再现了传统土家族哭嫁的经典场景。

除了会哭，对于新娘来说，如果有以下这几样嫁妆，就会嫁得风光。比如她们会把土家族劳作的场景和旖旎风光织在西兰卡普上，这种织锦价值好几千元一幅；还有只在5月份中午的一点到三点开花的珍珠兰花茶，据说曾经还是清代乾隆年间的皇家专用茶，如今卖到一万多元钱一斤。它不光闻起来清雅馥郁，而且冲泡的时候茶叶还一根根地竖立着，就像会跳摆手舞的土家族人。不过这些都还不算绝的，最绝的要算这“绑嫁妆”了！上百件的锅碗瓢勺、脸盆、镜子、坛坛罐罐等日用品都会被五花大绑在两个桌子上，3个绑嫁妆的专业师傅要花上近15个小时才能完成！这嫁妆绑得错落有致、美观牢固，怎么拽都拽不下来，不单用细绳打成十字结固定，有些地方更讲究，比如碗和碗之间还夹着薄纸，用来防滑。如果有一个地方稍微没绑牢，那么经过山路的颠簸，整桌的锅碗瓢勺就会碎一地。

为了检验是否专业、牢固，在拍摄时我们还特意请了两位老乡，一人一头抬起这张桌，上下左右、来来回回地使劲晃，结果这些日用品纹丝不动，像焊在了桌子上一样！让人直竖大拇哥！当地人介绍，绑得牢固代表吉祥，掉下来了可不怎么吉利，而且过去翻山越岭去到新郎家，这上百件的日用品嫁妆，必须经得起山路颠簸的考验！

当然婚礼进行中还有玩乐项目：比如一起跳土家族摆手舞，新郎新娘还要在大家伙儿的推搡中，看谁抢先进入洞房，这样以后谁就能当家作主，这时新郎都会特别积极，生怕以后成了“耙耳朵”“妻管严”。新人床上还会放个刚出生不久的大胖小子，意味着早生贵子。整个婚礼的气氛从开始的哭哭啼啼变得笑声不断，这种先哭后笑的婚礼，是不是象征我们先苦后甜的一生呢？

与汉族人不同的是，土家族人崇尚喜事哭办、丧事笑办，这表现出他们豁达的生死观。对于现在都市的新人们来说，婚礼大办或者不办和将来两人婚姻的长久也没有必然关系。我们见过婚礼耗费上亿，但是婚姻也没有经得起柴米油盐“七年之痒”的考验，也见过只有两条板凳就拼成一张床的老辈们却执子之手风雨同舟七十载。婚礼上的悲喜场景也只是我们人生悲喜剧的一个小小段落，赋予它怎样的意义就取决于我们的认知了。

娶新娘为啥还要“偷偷摸摸”？

和重庆黔江土家族女人泼辣、敢爱敢恨的性格形成鲜明对比的是我们在广西柳州拍摄的三江侗族女人们，她们内敛、温和，连婚礼也办得低调，甚至是在三更半夜“偷偷”进行，所以在2012年3月拍摄完这期节目，正式播出的时候，我给这期节目起了个比较“博眼球”的名字《半夜三更“偷”新娘》。

“侗不离酸，餐不离茶”是侗家人的标志饮食。有酸菜、酸鸭肉、酸腊肉、酸笋等，这些酸食物甚至腌了一二十年，吃的时候会酸到人直发抖。不过我就好奇，她们怎么能有那么大的毅力，都能忍十年二十年不吃？要是我，可能腌上几个月就忍不住拿出来下饭吃了。侗家人为什么那么爱吃酸呢？拍摄节目时我们发现有两个原因：一是三江侗族自治县在湘、桂、黔三省交界地，属于亚热带南岭湿润气候，炎热的气候，让侗家人养成了吃酸性食物来解暑、帮助消化的习惯；二是过去物资匮乏的年代，侗家人喜欢把食物腌制起来，这样能最大限度地保存食物，耐储存，逢年过节或待客的时候，再拿来出来分享。在侗家人的长桌宴、婚宴上不光会有腌酸食物、打油茶这些美食，还会有唱侗族大歌等节目来渲染气氛。

我们拍摄这场侗族婚礼得熬夜，好不容易到了夜深人静，凌晨一点来钟的时候，很多人都进入了梦乡，这个时候侗族伴郎团就要开始一项特别的行动，去接新娘。为什么不在白天，而非得在黑灯瞎火的时辰，还貌似“偷偷摸摸”呢？而且聘礼也有点“寒酸”：一个小提篮，里面装着苹果、喜糖等。带上这么薄的礼，新郎是不是也太抠门了？当我在现场有了这些疑惑的时候，在一旁的当地宣传部杨部长说：“过几天你就知道了。”嚯，还卖个关子！

伸手不见五指，伴郎团一行十多人打着火把就出了寨门，说“鬼鬼祟祟”一点也不为过，感觉像在执行一项秘密任务。到了新娘的寨子，伴郎团没进门就被拦下了，原来伴娘团为了不让新娘马上被接走，就想尽办法拖延时间，不给开门，还得对山歌，所以伴郎团立马变成了“弱势群体”，不光挨冻，还得开动脑筋对得上山歌！采访中我们知道，这些伴郎团里有的曾经当新郎时，就在门外站了一夜！从凌晨一点一直等到五点，天蒙蒙亮，伴娘团才打开大门！是不是够狠心？伴郎团“连哄带骗”进入新娘家门后，在新娘家觥筹交错、酒足饭饱，再把新娘悄悄接回新郎的寨子。这时我们才知道深更半夜接新娘的秘密！原来侗家人选的是吉日良辰，必须这一天接，而且必须在半夜！半夜娶新娘，是忌讳在白天碰到陌生人会犯冲，想要辟邪、图吉利，夜晚接亲同时也有祝福新人一生相随、走向幸福的蕴意。

不过侗族新娘在新郎家只住3天，就要回到娘家，这叫“不落夫家”，是侗族礼俗。不和新郎常住，直到女方怀了孕，有了孩子才到男方家定居，这时候才算真正的夫妻，所以过去侗族很看重女方的生育能力，这一点和我们在柳州融水苗族自治县的瑶乡拍摄的婚礼很相似。瑶族小夫妻只先领证，等到女方怀孕生了孩子，孩子都好几岁了，带着孩子来拜堂，举行盛大婚礼。女子能延续香火在他们眼里很重要，是一名合格妻子的必要条件。

侗族新娘子回娘家时的回门礼是要大操大办的，一定要让新娘子觉得风光有面子。这时的新娘穿戴贵气，这沉甸甸的银项圈拿在手上格外重，有的都有一斤多重，一般都是祖辈传下来的，有上百年的历史，是很珍贵的传家宝。

拍摄的时候，我太喜欢这银项圈了，特别古朴别致，可惜市价都在一万多元，只能借着拍摄采访，满心欢喜地戴上过过干瘾，“臭美”体验一下，再万般不舍地还给新娘子。人家这银饰都是几代人攒下来的，太珍贵了也不能送人。还有新娘的服装，整体褐色，看起来也不花哨，但是这侗布的制作工艺复杂，有“十染十漂十锤”之说，印染、晾晒、缝制……做好一套衣服要花上半年，成衣不会掉色、变形，非常结实耐穿，侗家人平常舍不得穿，只在过年、祭祀、走亲访友等重要场合才拿出来穿。

前面咱们不是说到新郎的聘礼只有一提篮的苹果和糖嘛，这还真不是人家小气，人家把好东西都攒着，作为新娘子回门礼带上呢！有三四十担的糯米、鸡蛋、腊肉等，还有鸡、鱼、猪等三牲，足足排了上百米长的送亲队伍，这叫“好戏在后头”，该出手时才出手！养了一年的大肥猪，处理好后把内脏掏空，再用生血涂抹全身，头上还插朵大红花，这头喜庆鲜红、趴着的福猪会被抬着，在吹吹打打的唢呐、鞭炮声中，和新娘以及上百人的彩礼队风风光光地一起回门！

土家族新娘哭得“轰轰烈烈”去嫁人、侗族新郎“偷偷摸摸”地迎娶新娘，可见这少数民族婚俗的差异有多大了。不过接下来我们见证的这场哈萨克族婚礼更加特别，打破世俗的藩篱，让人既意外又期待！

哈萨克族牵马小伙恋上台湾富家女？

对于婚姻，很多人常挂在嘴边的一句话就是要“门当户对”。我们通常理解为：两人在家庭背景、学识、职业收入等现实层面的旗鼓相当。现在流行的说法是：做精神上的灵魂伴侣才叫门当户对。2014年7月，我们在新疆伊犁哈萨克自治州霍城县拍摄的时候，一对新人的婚礼把所谓的“门当户对”这些世俗的条条框框全都打破了！

伊犁哈萨克自治州霍城县，一个位于新疆西北部的边陲城市。人文历史悠久，在清乾隆二十七年（1762年）时，清政府在这里设立了伊犁将军府，统辖天山南北军政事务，林则徐也曾在这里居住。这里的人文太丰富有趣啦，带着浓浓的地域风情。在图开沙漠拍摄时，我们碰到了在做沙疗的古丽大娘，炎炎夏日，这地表沙温可达60摄氏度，连这里层的沙子也有50摄氏度，当地由于昼夜温差极大，一些上了年纪的老人家容易得风湿性关节炎，所以她们会坐进这滚烫的沙子里，把腿和下半身都埋进去，这样利用沙子的温度驱走身体里的寒气。古丽大娘说她最近好几天都来做沙疗，有五六次了，现在腿也不怎么疼了，看来沙疗还是有效果的。除了做沙疗，这沙地里还能长出一种“沙漠人参”，学名肉苁蓉，也叫大芸。拍摄时，我们往深了挖，到沙地40厘米深，就可以看到像大棒槌一样的植物了，它就是肉苁蓉！足有一米多长，它寄生在红柳梭梭根部，对土壤水分的要求不高，但是很有药用价值，含有生物碱、氨基酸等成分。肉苁蓉能够补肾阳、润肠通便，对于腰肌酸软、筋骨无力都有好疗效。没想到吧，印象中寸草不生的沙漠里，居然还能挖到生命力这么顽强，还有药用价值的植物！历史上，肉苁蓉还曾经被西域作为上贡朝廷的珍品，当地人会拿它来泡酒，据说大补。

在拍摄期间，我们正好赶上了霍城的薰衣草文化旅游节。这是我拍摄这些年见过的最大的薰衣草花海，上百亩梦幻紫、吐芳香的花海，浪漫唯美。我也换上了维吾尔族服装，顶着小帽子，乍一看挺像当地丫头，这也是我的杀手锏之一，为了采访时能更有亲和力，拉近和老乡的心理距离。其实收割薰衣草非常辛苦，在花期的两个月里，大姐们天天顶着烈日，不停地收割。霍城县正好和法国的普罗旺斯在同一纬度，在海拔800米的地带，伊犁河谷独特的逆温带自然气候，成为薰衣草大面积种植的有利条件。而霍城县的薰衣草产量就占到全国的97%，使它成了中国的“薰衣草之都”。薰衣草有“等待爱情”的花语，更为重要的是它的药用价值带来的经济效益。它消炎、镇痛、利尿，解表祛风、活血止痛。当地人把薰衣草的干花、草籽装在布偶里面，放在卧室床头，还能促睡眠、安神、舒缓神经。采访中我们看到了各式各样的薰衣草产品，比如有薰衣草精油，对烧伤、烫伤的恢复效果好，不留疤痕，美容祛斑。常年在外出差、拍摄采访，风吹日晒，晒黑暴皮是免不了的。抱着试试看的心态，我试用了这种精油，对晒伤的皮肤还真的有效果，抹在眼部周围，会有点辣眼睛，得适应一会。必须说的是，薰衣草的面膜太好用了。夏季在外拍摄暴晒，黑成了“挖煤喵”。但是在新疆拍摄回到北京后，同事居然问我：毛毛，你怎么没晒黑啊？心中窃喜，得亏了这薰衣草面膜！爱美的我每天拍摄完回到宾馆，敷上几片薰衣草面膜，让皮肤滋润、充分吸收薰衣草的精华，皮肤得到了很好的修复，第二天就又元气满满地拍摄了！

说了这么多当地的特色风土民情，可能有人要说：不是要说一场哈萨克族婚礼吗，怎么扯闲篇呢？其实我们在拍摄这些内容的时候，也是在等待这场特殊婚礼的举办，因为婚礼安排在我们拍摄节目的4天之后，我们运气好，能赶上这场真实的哈萨克族婚礼。

先说说新郎，他是土生土长的哈萨克族

小伙子，牧民，也就二十出头，高中毕业后，帮着家里放放羊啥的。随着霍城旅游业的发展，来自全国各地的游客越来越多，小伙子就和家人在赛里木湖边上扎个帐篷，放上几匹自家养的马，游客来了，带上他们骑马遛一遛，转一转，看看美景，赚点钱补贴家用。可是人生的际遇就是这么猝不及防，就在一次意外的邂逅里，他遇见了自己梦中的姑娘。千里姻缘一线牵，这个姑娘到底是做什么的？这段姻缘为什么在当地引起了轰动呢？随着婚礼的进行，我们慢慢为您揭晓！

这场哈萨克族婚礼是在天山脚下的牧场举行的，为期三天，是难得一遇的隆重了。当时参加的亲朋好友有五六百人，主要是新郎家的亲戚，都是哈萨克族人。还有新娘家从台湾省远道而来的亲戚五六十人。婚宴按照哈萨克族的习俗设置，两只大铁锅煮两头牛，还有五六只羊，用来招待远方的客人们。两百多公斤的胡萝卜也在五六个厨娘的协作下清洗、切碎，用来做抓饭，这样味道更加香甜。婚礼场地有十多个帐篷一字排开，哈萨克族人搭的帐篷非常精致，从里面看，都是绣花的毯子毛毡，五彩斑斓，像走进了一个大花房。帐篷很大，一次坐满三五十人没有问题，采光也很好，从伊犁赶过来的亲戚们，会在这里歇上两三天。大家在一起拉拉家常、吃点美食，很是快乐、惬意。地毯上的小点心有包尔萨克等油果子，还有杏子酱、酸奶、马莲酱等，这些都是主人家自制的，有点像汉族婚宴的流水席，这拨人吃完，再换下一拨人，不停地添加点心。说到这帐篷里的洞房，也是用红色的纱帘装饰，新娘的盖头是白色的，手工刺绣，象征着纯洁的爱情，盖头的顶上用猫头鹰的毛装饰，猫头鹰在哈萨克族人眼里就像汉族人对龙的图腾一样。转眼间，身着白色的哈萨克族礼服的新娘子和新郎牵着手就款款走过来了。新娘尖尖的白色礼帽外罩着白纱，很圣洁神秘。前面有五六个弹唱着冬不拉的小伙子开路。直到新郎的母亲揭开新娘的面纱，亲吻她的脸庞，我们才看清这位秀美、恬静的姑娘。

新娘来自遥远的台北。因为2011年来伊犁旅游，和新郎邂逅在这至纯至美的赛里木湖畔，小伙子为她牵马，带她游历这仙境般的赛里木湖。说到这赛里木湖，我想要说，这是我走过的那么多名山大川见到的最美的湖了！有人把它比作“大西洋的最后一滴眼泪”，这一点也不为过。湖面海拔2000多米，面积400多平方公里，湖水清澈透明，可见度

达12米！厉害吧！湖底的小石子一览无余。湖面空灵，倒映着湛蓝的天空颜色，湖水天光一色，还有云朵，震撼得无法用语言来描绘！也许是美景能促使人体分泌多巴胺吧，几天游玩下来，姑娘深深地被小伙子的淳朴打动，二人谈起了甜甜的恋爱。一个是家境捉襟见肘的牧民，一个是富裕人家的小姐，在外人看来是门不当、户不对，不般配的。新娘家这边自然是极力反对，我们不难猜测这里面经历了多么曲折的抗争，最终新娘的父母还是心疼女儿吧，拗不过，认可了这段关系，新娘父亲说，"只要女儿开心就行"。看到男方家的经济条件不富裕，女方家为小两口在市里买了房子，还为男方家购买了100多只羊，希望两人将来小日子能过得红红火火。为了尽快融入男方家的生活，新娘还学会了挤奶、放羊，说哈萨克族语。

这次的哈萨克族婚礼隆重而热烈。在现场，德高望重的长者宣读了新婚致辞，按照礼节，男方家向女方父母赠送了一套哈萨克族服饰，还有一匹汗血宝马和两头牛，向女方家的男性亲朋每人赠送了一顶哈萨克族花帽和一根马鞭，向女性亲朋好友赠送了哈萨克族布料。邀请来的姑娘唱着哈萨克族的《出嫁歌》，双方亲人载歌载舞，把婚礼现场氛围推上高潮。来到新娘的帐篷，我采访了这位正在喝马奶茶的台北新娘。

记者：你觉得味道怎么样？

新娘：很好。

记者：能吃得习惯吗？

新娘：还行。

记者：我看你爸爸妈妈都很伤心，都掉眼泪了，那么远嫁过来。

新娘：对啊，当然很远，

记者：那以后想家了怎么办？

新娘：可以回家，可以坐飞机。

记者：以后的生活基本上都要在新疆这边了。你喜欢新郎的什么？

新娘：诚实

记者：还有呢？

新娘：他是一个简单的人

聊着聊着，新娘掉下了眼泪，我也有些不知所措，赶紧安慰她。

记者：心里面很伤心吗？

新娘：没有，就是我家人离我很远，有点舍不得……

新娘在抽泣，新娘的父母也在抹眼泪，在当时那么盛大的婚礼里，我们很理解，新娘从此远离家乡台北，心底有太多的不舍。我真的很佩服这个姑娘的勇气，敢于冲破世俗的巨大阻力，去无条件地爱一个人，爱一个现在看来各方面条件和自己相差太多的“潜力股”。私下里，我对这桩婚姻也有一丝丝的担心，巨大的文化、地域差异，两个不同背景、经济实力的新人，他们真的能长久幸福地生活下去吗？我们只是这场婚礼的记录者，祈愿湖水作证，天山为盟，唯有祝福吧！

婚礼现场的哈萨克特色游戏“姑娘追”、摔跤、叼羊、篝火晚会等如此快乐有趣，让人完全沉浸在天山脚下这场盛大的婚礼中，我们也出色地完成了一期收视好的特色节目。

8年过去了，当我在网上重新搜索到当年在中央七套《乡土》栏目播出的这期《在那遥远的地方》，两人的爱情故事那么浪漫、纯粹，往事历历在目。而如今的他们生活得怎样了呢？是不是都儿女绕膝，享受着这人间烟火呢？经过曲曲折折地打听，一个不好的消息印证了当年我的隐隐担心，夫妻俩已于2019年离婚。听知情人说也许是两人生活习惯、家庭背景、文化教养存在太大的差异，终究没能走下去。我深深地感到惋惜，但是转念一想，我们来这世上一遭，谁又不是

人生的体验者呢？追求生命美好体验的过程，感受爱、恨，快乐、痛苦，蜕变、成长……这才是我们赋予生命的美好意义。二人曾经那么刻骨铭心地爱过，那么奋不顾身地走在一起，那么敢于冲破世俗的，纵然没有最终一起白头，但是曾经拥有过爱，这一生，就值了！

15 年来，5000 多个日夜的拍摄，让我领略了各个少数民族的独特风俗，每个民族都会因为地理、历史的原因有着不同的民族性格，我们也不必给他们贴上一些标签，那个民族就一定彪悍，这个民族就一定内敛温和，一拍摄维吾尔族就要打馕，一拍摄回族就是炸馓子，一拍摄蒙古族就是赛马……王宏建先生曾在《艺术概论》里提到：民族艺术成为世界艺术是有条件的，深刻地表现“人的一般本性”和人类的共同美，真实地反映社会发展趋势和时代精神的民族艺术，才有可能成为世界各民族共赏的艺术。符号化、表象化，是会隐藏在我们的潜意识的认知里的。拍摄的少数民族节目多了，我会越来越反思自己，我真正地了解他们吗？真正地走进过他们的内心吗？艺术的民族性不在于艺术作品所反映的生活内容是否具有民族特征，而在于是否表达了民族精神，是否在用民族精神观察客观事物。民族精神是民族性的核心和灵魂，果戈理曾说：真正的民族性不在于描写农妇穿着无袖长衣，而在于具有民族的精神。哭嫁、偷新娘这些多姿多彩的少数民族风俗是大家津津乐道的，可是这些土家族、侗族老乡内心深处真正的快乐、忧伤、渴望、遗憾和期待又是什么呢？具有民族精神的节目怎么才能捕捉和拍摄出来呢？后面的篇章我会与您娓娓道来，一起深入探讨。

2008 年 1 月我来到中国农业电影电视中心工作，那时节目还是在 CCTV-7 军事农业频道播出，到 2023 年 7 月，15 年多了，从一个对农村一无所知的城市姑娘蜕变成为一名常年行走在阡陌乡村的农业记者，再到有专业认知的主任记者，我对少数民族题材农业节目的认知也发生了深刻的变化，这种变化刻进了骨子里、血液里，伴随我的一生……

千年棺木里的秘密

有时候拍摄也是讲究“吉利”的，一般来说拍摄婚礼就收视率高，观众爱看、关注度高，而拍摄葬礼或者与此相关的白事风俗，收视率就会莫名走低，可能大家都有趋利避害的心理，向往快乐。我们拍摄悬棺这期节目，是在贵州安顺市紫云苗族布依族自治县一个巨大山洞里，在悬棺前采访时，一不小心，脸被野马蜂蜇得完全变了形，红肿的上下眼皮挤在一起，都快看不见东西了。去到村里的小诊所，赤脚医生看了一眼说：不行了，你这个是野蜂把刺断在肉里，已经中毒了，只能靠自身代谢慢慢把毒排出来。半夜醒来，我难受地看着镜子，很担心自己从此以后破相，永远是眼前的这个“怪物”。虽然拍摄出了意外，变丑了，但是工作不能中断吧，采访时我尽量不出镜，或者实在需要，就让摄像离我远远地，取全景，拍照片时也遮住受伤的半边脸，实在不行再戴上一副眼镜加以遮挡，也许，这就是想要拍出一期好节目付出的代价吧。

好在一周之后，红肿慢慢地消退，老天厚待我，没让爱美的我留下破相的后遗症，这期于2013年7月拍摄的节目《我的家在山洞》，也在中国农业电影电视中心的年度优秀节目评选中获了奖。

紫云苗族布依族自治县在贵州的东南部，是典型的喀斯特地貌，沉积岩和碳酸岩形成众多的溶洞群，是中国南方喀斯特申报世界自然

遗产入选地，也是贵州省唯一授牌的省级攀岩运动基地。这里不光有澄澈的格凸河（格凸在苗语里是“圣地”的意思），还有鬼斧神工的山洞，大大小小随处可见。这次我们来的是燕子洞（也叫大穿洞），漫天飞舞的40多万只燕子在山洞中穿梭鸣叫，迎接着划船进入的我们。这个山洞到底有多大呢？这么跟您说吧，30层楼房高，100多米，犹如刀砍斧削，崖壁几乎和水面垂直。你只有身临其境才会觉得有多么地震撼！

山奇、洞奇，但是最奇的要数在这里攀爬的“蜘蛛人”。我们拍摄的这位“蜘蛛人”叫黄金林，他36岁，非常瘦小，我165厘米的个儿，他站在我身边还比我矮半头，一双手倒是挺大，像个耙犁，由于20多年一直爬悬崖，关节都变形了。他们几位“蜘蛛人”常年攀爬悬崖峭壁，从来不用任何保险措施，不借助绳索、木棍等工具，但是也从来没有失手过，真是“自助者，天助之”！

过去在这里生活的老乡攀爬绝壁是为了采草药、采燕子粪、抬棺木葬先民而保留的生存技能。这些年随着旅游业的兴起，他们的这项绝技成为焦点，也作为民间绝活保留下来，展示给国内外的游客。攀爬前在面对采访时，黄金林师傅神态自若，轻松得就像要去串个门一样，我们也看不出来他有多么了不起，直到“蜘蛛人”黄师傅开始攀爬时，身轻如燕、如履平地，像一只野猴子一样，灵活敏捷地穿梭在悬崖峭壁上，我们才发自内心地为他赞叹！他穿的红色衣服在我们的视线里也越来越小，以至于我们跟他喊话，都听不清了，只看见一个红色小点时不时地闪现在崖壁上。

2013年拍摄这期节目的时候，我们设备还没有那么先进，没有小飞机来航拍，也没有GoPro等微型运动摄像机，有的只是一台带广角的索尼高清数字摄像机，所以拍摄角度单一，成了我们这次拍摄的最大遗憾。如果装备先进，用现在常用的小飞机航拍“蜘蛛人”攀爬悬崖的宏大视角、用GoPro绑在主人公头上，拍摄第一视角的惊险，会产生极强的代入感，现场动人心魄的氛围感能拉得满满的。不过一颗真诚创作的心也是我们获取成功的不二法宝。最终黄师傅登顶后挥舞起原来插在顶峰的大红旗，我们才知道他成功了！真的是高手在民间！

看到黄师傅千辛万苦带下来的燕子粪，可能有很多朋友觉得不值，这可是冒着生命危险取到的，太不值了吧！但是在过去，燕子粪是老乡种庄稼的好肥料，草药也是他们生活必需品，和艰险相比，生存是第一紧要的事。

我问他：你在上面的时候什么感觉？他云淡风轻地说：没有感觉，爬习惯了。我把随身带的巧克力送给黄师傅，让他补充点能量，看得出他有点小感动，忙说谢谢。黄师傅说，他现在基本上每天上上下下要爬3个来回，一年下来就是上千来回，十年下来就是上万来回，这对我们平常人来说是想都不敢想的事！

为了感受一下攀岩“神功”，我还提前做了功课，攀岩需要注意哪些事项。首先手不能出汗，那样手容易滑；再一个就是手要找好着力点，也就是身体的重心和平衡点；还有注意力要集中，走两步退两步，等等，可是真到实操的时候，这身体就跟秤砣似的沉甸甸的，手和脚也不听使唤，各抓各的，两只手也尴尬得不知道往哪抓，岩石上长满了青苔，稍不留神就会脚滑跌落，岩石下面就是30米深的格凸河，那后果，想想都脊背发凉。所以和这些蜘蛛人相比，那些曾经来比试的外国攀岩高手都自愧不如，甘拜下风！

紫云苗族布依族自治县一个县就有31个民族，有10多个苗族支系，每个支系都有着自己的服装、生活方式和文化。这次我们就要去一个世代都住在山洞里的苗寨做客，他们被称作“最后的穴居部落”——中洞苗寨。

中国人的礼节是，一般去人家里做客，不能空手去，得带点见面礼，我们也不例外，一大早就来到县城的菜市场，买了些白菜、豆腐、豆芽、鸡蛋和肉，装到了背篓里，开车30公里，下车后又走了五六公里来到了水塘镇格井村，正是三伏天，顶着大太阳，还背着一二十斤重的机器设备，摄像中暑了。随行的老乡赶紧把设备装进背篓背起来，当地宣传部门的老师搀扶着摄像，大家一起向深山里走去。

就在我们感觉到身体透支、快到极限的时候，忽然柳暗花明又一村，一个巨大无比的山洞呈现在我们面前，疲惫忽然就烟消云散，一个激灵精神起来了，这不就是世外桃源吗？

50多米高，230多米深，110多米宽，2万多平方米的半圆形天然大山洞，里面住了二十来户苗族人家。由于山洞太大了，我们说话的声音都回荡在山洞里，很清晰，离一百米远，和阿婆打招呼都能听见。这里家家户户都用竹篾、木头把四边围起来建房子，但是都没有房顶，我长这么大还是第一次看到没有屋顶的房子！因为山洞本身就是一个遮风避雨的大屋顶，这里面晒也晒不着、淋也淋不着，不需要再建房顶了！可能有人要说了，住在山洞里面生活多不方便啊，吃水、用电怎么办？老乡带着我们来到一个地方，抬头望上去，岩石缝正滴滴答答地往下滴水，正好滴在这个石头垒的蓄水池里，别看就几滴，可是积少成多，长年累月地这么滴，就成了一个大池子，解决了村民们的吃水难题。这天然的山泉水清凉澄澈，老乡说比饮料好喝，一点也不假。

从小就住在山洞里的苗族阿婆70岁了，一顿能吃三碗饭，吃嘛嘛香，身体也倍儿棒！我们印象中，常年住山洞多潮湿阴冷啊，不得风湿性关节炎才怪呢！但是阿婆说她从来腰腿都不疼，啥原因呢？原来这山洞朝向好，常年通风，冬暖夏凉，也没有蚊虫，在洞里还能养鸡织布，村民喂的大肥猪也有400多斤。看来这山洞人畜兴旺、适宜居住。虽然政府在山脚下给村民们建了整洁的搬迁房，但是他们不愿意去住，还是喜欢自己出生在这里、长在这里的大山洞。按村民王凤忠的话说：习惯了，柴、苞谷、水都方便，住得踏实。苗家人喜欢把生猪肉腌过之后挂在火塘上面，天天做饭被柴火熏一熏，长年累月下来，腊肉外面就被烟熏火燎成黑色，拿刀轻轻一刮，最外面那层厚厚的黑油就下来了，露出腊肉本来的颜色。割一块下来，尝了尝，浓浓的灶火味道，我私下觉得没有苗族大叔说得那么好吃，特别咸，我还是更喜欢新鲜的食材。住在山洞里面的苗族同胞过着最古老的生活，去外面砍柴背回来烧火做饭，种粮食作物，玉米什么的，到季节了就采摘，基本不用花钱，自给自足。据说中洞苗寨的先民是因为躲避战乱才来到这个山洞居住的，虽然生活简单，甚至可以说是简陋，但是他们很知足。人住在洞里，聆听着泉水的滴答声，感受着大地的呼吸，真的是一幅天人合一的山水画卷。用陶渊明笔下《归园田居》里的“暧暧远人村，依依墟里烟。狗吠深巷中，鸡鸣桑树巅”来描绘特别贴切。日出而作、日落而息，深居简出，与世无争。

不过，拍摄中，还是有些小插曲让我至今都难忘。由于时间紧，在这个中洞苗寨只能拍摄一天，所以想尽可能多拍些内容。看到一位大姐正在洞边玉米地里掰玉米，我说大姐我们拍摄一下您干活行吗？她就伸出了五个手指，我还没明白什么意思，摄像已经架好了机器，大姐挥着双手让我们不要拍。我一头雾水，叫来普通话说得好的老乡，他解释说，大姐说你们要拍摄可以，但是要付五十块钱给她。我一下子蒙了，怎么拍个村民干活的场景还得给钱？她把自己当演员了？经过详细了解才知道，由于近些年来山洞拍摄的摄制组、国内外媒体以及游客越来越多，打破了他们与世隔绝的生活，游客们来此游玩后，有时候还会买点山洞里老乡们自己种的农作物、养的鸡鸭、做的腊肉等，这里的苗族老乡也开始拿起小账本、打起小算盘，很多事都开始算经济账了。没想到这种再日常不过的山洞生活，在他们眼里是能带来一笔收入补贴家用的。他们现在遇到别人要求和他们拍照，就要收费。最后在当地宣传部门老师的沟通下，大姐没有收费，我们拍摄了她劳作的镜头。虽然拍摄结束了，但是我的心里还是有一种说不出的不舒服。是的，时代在发展，我们也在与时俱进，村庄也在发生着日新月异的变化，但是这种变化不应该是过于物化。物质生活越来越丰富的我们，精神是否越来越贫瘠了呢？以至于最终迷失掉了我们的本真。山洞本是人心灵的一方净土和情感寄托，难道最后真的要沦为一个赚钱的躯壳？

安顺市的苗族同胞世代居住在山洞，在这里出生、成长甚至逝去都要葬在山洞。在他们的先人看来，山洞才是灵魂安息之处。在安顺市平坝区一处的山洞里，我们看到了五百多具棺木，说心里话，乍一看还是很瘆人的。当地的一位文史专家李在春老师介绍，据考证，时间最长的棺木是从汉代流传下来的，最早的放在最里面，年代近的都靠外放。我看到，离我们最近的一具棺木上刻有“祖考刘公辞光绪二十六年”等字样。棺木也有不同形状，有方形棺、梯形棺，方形棺的年代比梯形棺要更早一些，还有筒形的、船形的，不同形状代表着不同时期和年代，甚至是不同的身份。父亲的棺木在下面，儿子的棺木在上面，再往上就会是孙子辈的。年代久远的棺木都没有用漆，而后来新的棺木都用黑色的土漆漆过。专家告诉我们，最多的时候这里曾经摆放过1000多具棺木，都是附近苗族村寨桃花村刘姓家族的，其他外族是不能进入这个山洞的。

我们看到有些棺木盖得不严，还能从缝隙里看到一些人形遗骸，阴冷得叫人心怦怦直跳。我们也很纳闷，这些久远的棺木，为啥千年不腐呢？专家说这个岩洞透光，光线非常好，比较干燥，湿度不大，棺木也不容易腐烂。拍摄的时候我们还发现，在最下层的棺木下面都是用垒石支撑，并不和地面直接接触，专家说这样可以防潮，不直接吸收地面的湿气，有利于棺木保持干燥。

这些棺木摆放整齐，而且都朝着一个方向——东方，这又是为什么呢？原来紫云的苗族祖先是从黄河流域的东方迁徙过来的，由于战乱，辗转来到了贵州境内，安居后先民们念念不忘故土，并交代后人遗体安葬洞中，希望有朝一日亲人们扶柩还乡，子孙们有能力把尸骨送回到故土，入土为安，这也很符合中国人落叶归根的思想。一具具的棺木，就像亡灵们的房子，这也是先民们的灵魂家园。

紫云格凸河的天星洞也有悬棺，有二三十具，不过都是方形的，是当地贵重的榉木做成，很坚硬，棺木的盖子也都是留点缝，这样能通风，防潮。这些悬棺架在凿孔插入的木桩上面，或者是岩壁凿穴后嵌入在里面，总之苗族后人想尽了一切能让祖先亡灵安息的办法。这些有悬棺的山洞都远离喧嚣，高远幽深，是连燕子都飞不到的地方，也是一个永远不会被打扰的地方。把生命扎根在山洞，是对山洞的格外依恋，还是对东方故土的守望？我们不得而知，但是有这青山绿水、崖壁清风做伴，相信这些仙去的苗族先民一定会安息的……

陀螺脑门　头顶转转转

陀螺在地上转不新鲜，可是在手背上转、在脑门上转就了不得了。

2014年4月，我们在广西河池市南丹县拍摄的时候，一位叫何光斌的非遗传承人给我们展示了他的绝活。他把陀螺玩得溜到什么程度呢？就是没有他不能转的地方吧。陀螺在脚背上转得呼呼的，一会又被换到另外一只脚背上转，再换到手上转，而且不间断，这是一只陀螺。他还能两只手上两个陀螺同时转，做大鹏展翅的造型时也还在转，这陀螺就跟长在他身上一样，转得行云流水。他说要玩好陀螺，掌握重心点和平衡是关键，跟陀螺接触久了，会产生感情，陀螺也会听人的话。可不，这些陀螺能在他食指、中指、无名指、小拇指上来回转。而且这才是他练了一年的成果。最绝的还是何老师把旋转的陀螺放在脑门上转个不停，他也脸朝着天空，屏息凝神，全身悄无声息地掌握着平衡。由于太危险，稍不留神陀螺就会掉落砸伤眼睛和脸，何老师这个绝活也不轻易露，在我们看来，他那又厚又宽的脑门无疑给这个绝活锦上添花了呢！何老师的

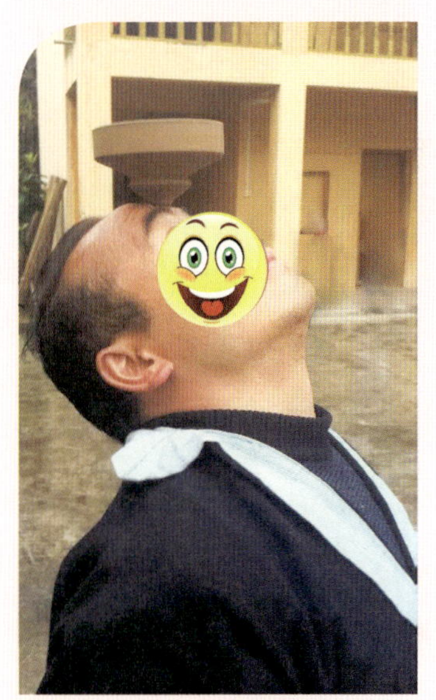

心得很耐人寻味：你越是想控制它，它越不听你的话，你越怕它掉，就越紧张，当你完全放松了，跟它融为一体了，它就听你的话了。

嘿，我现在回想起来，是不是有点墨菲定律的意思呢？越在乎、越失去，放下就是得到，所以心平气和才能做好每一件事，很富有哲理。

白裤瑶是瑶族的一个支系，因男子都穿着及膝的白裤而得名，主要聚居在广西南丹县和贵州荔波县，被联合国教科文组织认定为“人类文明的活化石”。白裤瑶的先民们大多居住在偏远的山区，文化娱乐生活相对贫乏，而陀螺就成了他们解乏、消遣的游戏，虽然现在娱乐生活丰富了，但是这项技艺被保留了下来。

和白裤瑶一样喜欢打陀螺的还有傣族同胞。2012年，我在云南省西双版纳傣族自治州的勐海县拍摄《边境小城过个节》的节目时，4月13日，正好是傣历的新年，也就是傣族人的春节，又称泼水节。这个节是一定要过的，泼水泼得淋漓畅快，还泼出了希望和祝福。除了泼水，这里的傣族人还要玩陀螺。傣家人的陀螺玩法是两人比拼，撞击，而且陀螺也不是用木头做，他们说用木头容易破坏森林，都用尼龙做。一人站在十米开外，扔出陀螺去撞击圈内的另一个陀螺，把别人的陀螺撞出圈，而且自己的还能一直转，得分就多。反之，如果是撞出圈而自己的陀螺也停下来了，得分就少。我们发现，在比赛现场，这些成年的傣族男人玩起陀螺虎虎生威，花样百出。有一句话叫：男人至死是少年，一点不假，最起码在玩陀螺时，他们就像十八岁的少年，纯粹的快乐感染着每一个人。有的老乡把陀螺放在木棍上转，还有的放在手掌上转，看见我过来，又转移到我的手掌上，可惜我的手小，平衡把握得不够好，比我巴掌还大的陀螺转不过三秒就掉了下来，惹得大家开怀大笑。快速旋转的陀螺在手掌上时，就像一个电动按摩器，震得手掌麻麻的。我生性有点不服输，为了显示自己的运动悟性，我又让傣族老乡再来一次。他先让陀螺在地上快速转起来，再转移到自己手掌上，然后又迅速地转移到我的手掌上，这次我就淡定多了，让陀螺尽量在我的手掌心靠近手腕的位置旋转，因为这个位置更平，转得更稳，更持久。还不错，这次转了十多秒，感觉自己争了口气。

陀螺在傣语里叫“朵旱”，是傣族人喜欢的传统游戏项目，一般都是男子玩。我一个女记者夹在男人堆里玩，格外显眼，大家也都是抱着看笑话的心理来看我体验。我试了几次，用绳子缠好，想把陀螺转起来，可是屡次失败。为了不被人看扁，我不气馁，悟性还算不错，再次把陀螺缠上绳子，瞄准目标，屏气凝神，孤注一掷地扔出去，撞击！这次我的陀螺转得很好，而且同时把对手得陀螺撞得停了下来。终于，不蒸馒头争了口气，我激动地蹦得好高，围观的男同胞们也为我叫好。确实，这次打得漂亮！我嘴上自谦地说道：自己是瞎猫逮了个死耗子。但是心里美滋滋，觉得自己还是有点运动天分的，学啥像啥，哈哈。

用万张蜘蛛网做衣服

当一件棕褐色、有些绵软却又看不出材质的马甲似的衣服拿到我的面前时，我一时不知该说什么好，当地宣传部的老师说，这是一件用蜘蛛网做的衣服，叫蜘蛛衣，这也太奇特了吧！

我特意上网搜了下，给自己科普。蜘蛛网，是由不同种类的蜘蛛吐丝编成的网状物，用来捕获昆虫等。专家说，蜘蛛网丝的强度比同等重量的钢丝还要强，弹性也比较高，在材料学的研究课题中，它们还能被用来制造防弹背心等。原来蜘蛛网这么坚韧，刷新了我的认知！在我们印象中，极其轻薄的蜘蛛网在风吹雨淋的情况下是要破掉的，但你看，苦聪人多智慧，他们的祖先早就发现了蜘蛛网的特别之处！我们可以想象蜘蛛网那么轻薄，要做成一件能御寒的马甲背心，几十万甚至几百万张网都不一定够。这看起来年代久远的厚棉絮一样的三件套——无袖衣服、裤子和帽子，很粗糙也不美观，上面还粘有一些小虫子，但它却是能为苦聪人遮风挡雨，据说很保暖，像咱们今天的蚕丝。做成一件蜘蛛衣的过程非常长，因为搜集蜘蛛网的时间很长，一般需要大半年的时间，还有一定的季节性，所以做这套蜘蛛衣费时费力，不仅珍贵也很有研究价值。

我是在2012年年底，在云南普洱市的镇沅彝族哈尼族拉祜族自治县拍摄的这期《神秘的苦聪人》节目。苦聪人，作为拉祜族的一个分支，世代居住在云南省的哀牢山、无量山一带海拔1800多米的山区，人口不多，就三四万。他们被发现的过程很传奇。据说是1956年，中国人民解放军工作队在中越边境的一个原始森林里发现了他们。那时候的他们以打猎为生，住在高大的树上。当地宣传部门的朋友说，被发现时苦聪人还过着像原始社会一样的生活，从20世纪60年代开始，在政府的帮助下，苦聪人逐渐走出山林，开始定居定耕。他们也被称为“最后一个走出原始森林”的少数民族。

苦聪人可以说直接从原始社会一步迈进到了社会主义社会。他们至今还保持着一些古老的习俗，比如选头人，一年一次，就是选寨老。这种活动能村子消灾降福、庇佑寨子太平，人丁兴旺、五谷丰登。寨老能管村子里的千把来人，帮村民办实事、调解纠纷，维护团结，虽然不是村干部，但非常受村民尊敬。村民谁都可以参选，但都是男人参加，大家围坐一圈，中间放一口加满水的锅，把从山里辛苦抓来的松鼠捆住四肢，固定在葫芦做的瓢上，再把捆有小松鼠的瓢放在锅里水面上，然后主事人再搅拌锅里的水。这不断搅动的水最终停下来的那一刻，松鼠的头指向谁，谁就是寨佬，在苦聪人看来这小松鼠是有灵性的，带有山神的旨意。在他们看来这种方式最公平公正，也是最古老的一种占卜方法了。神奇吧？我们拍摄的时候也觉得太不可思议了，但这就是苦聪人的日常。

双胞胎小镇的秘密

2016年5月，当我们来到云南省墨江哈尼族自治县拍摄的时候，一下子就傻眼了！热闹非凡的长街宴上，好多长得一模一样的笑脸，简直就是复制粘贴嘛！一个20多万人口的小县城却有1200多对双胞胎！在现场，我采访了好几对双胞胎，有60多岁的大叔，也有20多岁的小姐妹，猜谁是哥哥或谁是姐姐时，我没有一次是猜对的。别怪我眼拙，他们说就连父母也会把他们认错。其中一对小姐妹说，小时候洗澡妈妈给妹妹洗了两次，姐姐没洗；吃药的时候妹妹吃了两次，姐姐没吃。她们看自己小时候的照片，也都分不清哪个是姐姐哪个是妹妹。还有一家子，爸爸、儿子和儿媳妇都是双胞胎，小孙子也是双胞胎，一个家庭就有三代、四对双胞胎，这也太神奇了吧！可能来过墨江的朋友都会好奇，这个地方为啥会有这么多双胞胎呢？我也是特别好奇，一起去探个究竟吧！

在墨江哈尼族自治县时任双胞协会会长王东平的带领下，我们来到了县城的一个高坡的山顶上，有一条玻璃钢的直线吸引了我们的注意，他说我站的这边是温带，他站的玻璃钢直线的另一边是亚热带，这条玻璃钢直线正好是北回归线的位置。北回归线（北纬23°26′），刚好从墨江的县城穿城而过，这北回归线是太阳在北半球能够直射到的离赤道最远的地方，每年夏至这一天，这里能感受到太阳光的垂直照射，形成立竿不见影的景象。

我们就纳闷，这和双胞胎有什么关系呢？王会长解释：它特别适合于生物、植物的生长，这么一个很特殊的地理位置，造就了一些双生现象，这是当地很流行的说法，到底有没有这个原因，我们还是一头雾水。在当地，还有很多有趣的关于双胞胎的习俗，看看这里面有没有我们想要找的答案。比如当地哈尼族年轻人结婚的时候，都会来到在这北回归线的位置修建的石床上躺一下，期望生双胞胎的好运气能降临。这还不算，据说当地预示着能生双胞胎的吉祥物还有很多。比如当地有两眼大小一样的双胞井，沁出透亮的井水，甘甜清凉，当地人说喝了这双胞井水，生双胞胎的概率就很大。在井边，我们采访了一位年轻的哈尼族妈妈，她生了一对龙凤胎，已经4岁了。她说在谈恋爱的时候，很想以后能生双胞胎，就来这里喝了井水，结果婚后就真的生了双胞胎。这位妈妈说得很笃定，说当时是带着很虔诚的心来喝的。出于好奇，我也用瓢舀了点井水，尝了下，没有什么特别的，普通的井水味道吧。王会长介绍，这口井也是村民的生活用水来源。水井所在村子有100多户人家，双胞胎就有10多对。因为是北回归线穿过的地方，跟水土、气候都有关系，也有很多刚结婚的新人慕名过来喝这个井水，在他们看来这就是生命之泉，取之不尽、用之不竭，有好孕意和有好兆头。

在村口，我们遇到一对8岁的哈尼族小姐妹，金慧贤和金美贤，在她们的带领下，我们来到她们家，看看一家人平时都吃些什么。灶台上几乎全是紫色的食物，紫米、紫豆角、小米菜、紫粑粑、刺五加、我就问她们的妈妈，生双胞胎跟爱吃紫色的食物有关系吗？她说，很多年了，当地老乡都这么吃，熬紫米粥、吃紫米饭，墨江的紫米粒大饱满、黏性好，补血益气、暖脾胃，营养价值高，村里的女人都会在怀孕时吃这些紫色的食物，但是吃了紫色的美食就一定能生双胞胎吗？这到底有没有科学依据呢？王会长介绍紫色食物里面花青素的含量特别高，花青素可

以抗衰老、明目、延长寿命。大家围坐在一起吃晚饭的时候，小姐妹说了一句话："我们要照镜子的时候，不用花钱去买镜子，面对面看对方就可以了！"哈哈哈，我们大笑起来，这对小姐妹真的是天真无邪！太可爱了！

2016年6月，我们来墨江拍摄的时候，《乡土》栏目的定位是一档挖掘各地风土民情、民俗文化的节目，不像《走进科学》那种用缜密的逻辑推理去考证一种现象，所以对于墨江为什么会有如此多的双胞胎，我也查找过一些资料，一是为了满足自己的好奇心，二是为节目有一个相对科学、完整的交代。关于井水，根据墨江哈尼族自治县疾控中心对双胞井水的检测结果，确实和其他地方的水没有太大差别，只是浑浊度和色度特别低，低于国家标准，所以看起来特别清澈，pH是7.8，稍微偏碱性，饮用很安全，但是这也无法证明喝井水就能生双胞胎。至于墨江哈尼族自治县时任双胞协会会长王东平说的北回归线，被当地人称为"阴阳线"，历史上，北回归线上也发生过一些奇异的现象。但是北回归线绕地球一周，穿越的多半是海洋、沙漠等无人地带，墨江却是这条线上不多见的绿洲，这也算个奇迹吧。

水土、气候、温度等特殊原因促使人体体内的一些元素基因发生了微妙的变化，是不是墨江繁衍双胞胎的真正原因呢？我们不得而知。也有专家从科学的角度来解释，双胞胎的形成有一定的遗传因素。当地的居民，特别是哈尼族人本身，就有生双胞胎的遗传基因，但是这些都秘而不宣，其中的奥秘还需要科学家们继续探索吧！

攒一辈子钱，就为请一次客？

请客，对于我们大多数人来说，是稀松平常的事情，可是对于云南普洱市景谷傣族彝族自治县的傣族同胞来说，就是个终身大事，要花掉一生的积蓄。可能您要问，请个客至于这么隆重吗？当然了，这一次的请客，对于他们来说是一辈子里特别重要的，意义非同凡响！2012年年底，我们来拍摄的时候，正赶上刀有正大叔请客，就全程记录了这次请客的过程，节目名叫《刀大叔的终身大事》。

来到景谷东平镇的迁岗傣寨，我们被这里热闹的场景吸引，他们吹吹打打，跳象脚鼓舞，还有装饰得喜庆漂亮的白象，全村的男女老少都出来游街。傣族的大姐婶婶们都穿着白色的傣裙，戴粉色的包头，手持紫色的三角梅，到了一户人家门口，她们停下来，把手里拿的花都放到一只竹篾和棉花扎的大象头的前面。大象，在傣族人心中很神圣，过去是耕田负重、行军打仗的守护神，也是吉祥物。这户人家到底要举办什么隆重的活动呢？

走进这户人家的院子，我们见到了主人——刀大叔，他一身金黄色的傣族服饰，很华贵气派。院子里挤满了十里八乡的傣族老乡，少说也有200人。我们来到了拿着礼单记账的两位老乡跟前，采访他们。红色的礼单上记了好几页的账，面额不大，一般都是三四十元，多的400元，虽然每笔金额都不多，但是人数不少。来的很多来客人都姓刀，估计都是主人家的远房亲戚。刀大叔尽着地主之谊，忙前忙后地招呼着。好不容易，他才有点时间接受我们的采访。刀大叔说，今天来了2000多人，有100多桌的流水席，不过今天还不是人最多的时候，要到3天以后，那天有5000多人参加，十多个寨子的老表亲戚都要来，大概600多桌的流水席。除了摆在院子里，还有附近佛寺周围的院子里也要摆席。我很惊讶，问他大概要花多少钱来办这个活动？他说，15万元左右。我就打趣地问他：大叔，您是要娶媳妇吗？还是要结婚呢？大叔腼腆地笑了，说自己的4个儿子都已经娶媳妇了，自己儿子娶媳妇每家也才花了几千块钱，而这次却要花15万左右。

花15万元还不是娶媳妇，到底啥终身大事要这么兴师动众，非得倾尽一生的积蓄呢？为了揭开谜底，探个水落石出，我们要等到3天之后！

印象中的傣族人能歌善舞，外向开朗。其实他们还有很多不为外人所知的独特的生活习性，比如抓酸蚂蚁来做美食，没见过吧。在一位村民大叔的带领下，我们来到一棵十来米高的大青树下，上面有个好大的树叶包，老人家说，树叶包是蚂蚁一只一只地爬上去，用身体分泌的体液把树叶一张一张地黏起来，一个大树叶包里有上千万只蚂蚁。60多岁的大叔说他经常爬树，爬这种树都不在话下。看他像猴子一样敏捷地爬了上去，又麻利地挥舞着砍刀，我们也不知道他到底砍了多少树枝，眨眼工夫他已经从树上下来了。我们跟着他，来捡掉下来的树叶包。好大一个蚂蚁包！他又拿刀把它戳破，用竹筐接着，这样酸蚂蚁就像下雨一样掉在竹筐里，还有白色的蚂蚁卵（密集恐惧症者不能看！），竹筐里面密密麻麻的全是惊慌失措乱窜的酸蚂蚁。因为有酸液储存在蚂蚁腹部的小黄球里，所以它们被称为酸蚂蚁。

突然意外发生了，受到惊吓的酸蚂蚁到处乱窜，地上、树上、人身上，全是的，有一些居然爬进了我的鞋子和裤腿里边，甚至开始噬咬，酸蚂蚁是野生的，咬起人来不留情！大叔说：你快跑开！我也是听话，一溜烟就跑开了，被咬的地方又痒又疼，像被针扎，心想这些有灵性的小家伙在报复我们破坏它们的家呢！跑到一边才想起来，摄像老师该怎么办？赶紧找摄像老师，原来他躲在一边，还在记录我的出糗囧样，慌里慌张、手忙脚乱，又尴尬又好笑。

一个篮球大小的蚂蚁包，只需要20多天就可以筑成。定下神来我才看清酸蚂蚁的真面目，酸蚂蚁个子挺大，比我们通常见到的黑蚂蚁要大上三四倍。酸蚂蚁因为含有丰富的氨基酸、蛋白质和微量元素，在当地很受老乡们的青睐。它可以被做成传统美食也能入药，在当地售价60元钱一斤。

我们拎了足足一筐的酸蚂蚁回到村口的井边，开始淘洗。大叔把竹筐盛满水，用毛巾不停地搅动，去除掉树叶等杂质，把清洗干净的酸蚂蚁用来做酸水、泡酒或当傣菜的调料。用酸蚂蚁泡的白酒舒筋活血，有保健功能。

虽说酸蚂蚁咬人没有毒，但是留下的小红点也还是痒，怎么办？好心的傣族大姐带我们来到景谷的芒卡温泉泡澡，还真有效果，慢慢就不痒了，皮肤还滑滑的。这种温泉可不是平常的温泉，它还可以用来煮鸡蛋、煮盐，很神奇。有人要说了，煮鸡蛋得100摄氏度的高温，温泉这么高的温度还不烫死人了。您还别不信，这温泉的源头泉眼水温真有六七十摄氏度。我们拍摄时，特意找来温度计在现场测量验证。宣传部门的老师拿来竹筐，里面放上几个鸡蛋，再放上砖头，把竹筐放进热泉眼里，过了一段时间，我们拿出竹筐，敲一敲，发现这些鸡蛋都熟了，剥开壳，闻起来香香的，吃起来嫩嫩的。吃温泉水煮的鸡蛋太有趣了。不过，这种高温泉水是要经过降温处理后，人才能泡的，它对促进血液循环、新陈代谢、消炎杀菌都有好处。除了能煮鸡蛋，这温泉水还有一个妙用，就是煮盐。这个温泉的含盐量在40%左右，还含有硫、氟等元素。很早以前，附近的傣族老乡日子紧巴，买不起盐，就把这温泉水煮开，刮下锅边的盐来吃。我在现场尝了一下，没有我们平常吃的盐那么咸，是淡淡的咸。

终于等到了刀有正大叔举办终身大事的这一天，万事俱备，只等这一刻了。花掉攒了10多年的积蓄，不为娶媳妇，不为名和利，刀大叔到底要做什么呢？先来了解一下之前我在他家里见到的众人抬白象的场景。

傣族的先民在远古时就与大象结下了不解之缘。不管是游猎时期还是农耕时期，各氏族部落为争夺猎区、水源和土地经常发生战争，所以大象就在军事、生活方面起到了作用，是威力无比的守护神象。在傣族人心中白象是崇拜之神，它能保佑村民风调雨顺、五谷丰登、和平安宁，所以白象出现在哪里，哪里就消灾除难、吉祥平安。大家在棉花、竹篾扎的白象上面用花布、绸缎、刺绣装饰起来，又在白象的脑门挂上辟邪的镜子，还把祈福纳祥的钱缝在象的身上，我也入乡随俗把十元钱穿上丝线，挂在象鼻子上讨吉利。直到这个时候，我们才深入了解到，刀大叔的终身大事在当地叫——“赕白象”。赕（胆音），源于巴利语，意思是“布施”，是傣族的一种纪念活动。这些白象都是不同的村寨老乡合伙赠送给刀大叔的。

现在我回想起来，“赕白象”这种仪式对于傣族同胞来说，不仅仅是一种仪式活动，更是一种心灵上的慰藉。

到了赕白象仪式这一天，佛寺的僧侣也来了，走在好几千人的游行队伍里，吹吹打打特别热闹。几百米长的队伍穿行在村头巷尾，看不见头也望不到尾。在村子的中心位置，大家停下来，主事的老人围坐在一起，僧侣们诵经，超度亡灵和祈福。因为刀大叔是2013年村子里唯一举行赕白象的人，所以成了众人的焦点，风光无限。刀大叔领头走在队伍的前面，我一边跟他走着，一边采访。

记者：您这次赕白象要花很多钱，要花到15万到20万，那您会不会觉得这个钱花得心疼？

刀有正：我很高兴。

记者：一点不觉得心疼吗？

刀有正：不心疼。

记者：为什么？

刀有正：大家来吃来玩，人越多越高兴。

记者：刀大叔很慷慨，觉得自己日子好了，也要让乡亲们感受到这种好日子是吧？把自己的这种福气散播到更多的老乡身上，是不是？

刀有正：是。

记者：通过这次赕白象大家一定都会尊重你的，以后一定能多子多福，家人能够幸福安康是不是？

刀大叔听我说这些，心里自然是开心满足。可能有人心里会嘀咕，这记者怎么尽拣好听话说，这还是采访吗？其实那时我的心里对刀大叔是有着很高的敬意的！为什么呢？赕白象虽然是当地流传了很多年的习俗，是比婚姻还要大的事，但不是家家都有能力赕白象的，有的家庭虽然攒了一辈子的钱，到死也没有能力赕一次白象，而有的家庭虽然有钱，却也舍不得拿出这笔近20万元的钱。自己掏出攒了一辈子的钱，请上万的老乡吃上一周的饕餮大餐，若不是对祖先心怀崇敬、对乡亲乐善好施的人，怎么会做出如此大的义举！这也许就是信仰的力量吧！

仪式举行完之后，开始吃宴席。十多头的猪在当天被烹饪成美味，400多桌，5000多客人，十几口超大的铁锅和灶台一字排开，铲米饭甚至用上了铁锹。几千人的筵席估计很多人都没有参加过，我也第一次经历。穿梭在傣族老乡们中间，随机采访了下，傣族阿妈们来吃了三四天的筵席了，而且早、中、晚三顿饭都在这吃，家里都不开火了。她们中的大部分家里都没有赕过白象，都很想赕，但是目前经济还不允许，还在攒钱。吃完筵席，大家在一起打象脚鼓、跳傣家舞，此时的傣族老乡心里，是不是也会暗自感谢刀大叔给了大家一个释放快乐、联络亲情的机会呢？在这狂欢大派对的背后，是傣家人强烈的归属感和抹不去的浓浓亲情。虽然时代在变迁，但是城市的现代化进程并没有让边陲小城景谷的傣族同胞们丢掉心中的那一份信仰和坚守，也许这就是另一种方式的不忘初心吧，但愿刀有正大叔能方得始终！

108岁的维吾尔族亚库甫爷爷

柯坪县在阿克苏地区的西部150多公里的地方，地理位置偏远，环境闭塞，盐碱地、土地沙化严重，并不是山清水秀的塞外桃源，但是这里长寿老人挺多，街上我们看到的白胡子老爷爷，戴顶维吾尔族小帽，很多都八十岁以上。在电视台老师的推荐下，我们来到了当时108岁的亚库甫爷爷的家里，他一个人在家，有些冷清，爷爷很瘦小，身高1.5米左右，很长的银色胡须，面色红润，挂着纯净的笑容，我有些心疼他，这么孤单的老人一个人生活，晚辈们都放心吗？电视台的老师说，亚库甫爷爷身体一直都很好，自己能做饭、买菜、自由走动，儿孙们都住在阿克苏的其他县城，如果拍摄的话，需要时间赶回来。我有些担心，不过看到爷爷这么亲切可爱，而且听说过几天就是爷爷108岁大寿了，亲人们都会赶回来看望，我决定把亚库甫爷爷作为拍摄主线，记录下全家祝寿相聚的珍贵瞬间。

拍摄前踩完点回去的路上，我跟电视台的老师商量，拍摄那天要不要送爷爷一个礼物。他们觉得建议好，于是大家商量着到底买什么。有人建议给爷爷买羊毛毯，我觉得爷爷这样的大家长，晚辈肯定多，说不定谁来看他的时候，他就舍不得盖，给了儿孙辈，所以还是送一个只能爷爷用的东西。商量来商量去，我们一致觉得送爷爷一件羊毛背心最好，马上冬天了，穿上暖暖和和的，又暖心。我们就去商场买了一件灰色的羊毛背心。

因为亚库甫爷爷的家庭聚会是在四天以后，所以我们就在阿里木的带领下，看看当地哪些特色民俗是和长寿有关的，柯坪乃至新疆老人长寿的密码到底有哪些呢？

先来看看吃的。柯坪是一个农业大县，这里有阿克苏地区最大的骆驼养殖场，全县有7000多峰骆驼，大部分还是以放养为主，牧民把骆驼放到苍凉戈壁滩上，基本就可以不用管了，三五天来看一次就可以，这里民风淳朴，也不会丢失。从汉代开始，柯坪就是古丝绸之路上的交通中转站，骆驼起到了很重要的运输作用，柯坪人对骆驼感情深厚。除了普通饲料，这里的骆驼还会吃骏枣。这些大红枣是当地的特色农产品，被大面积种植。200多天的无霜期和强日照，使得这里的骏枣肉厚、核小，品相好。老乡们种的枣一部分采摘出售，还有一些掉在地上的，他们就不卖了，收集起来喂给骆驼吃。一峰骆驼一天吃5公斤左右大枣，那您想想它产的骆驼奶得多有营养。

这里一峰骆驼能卖3500元钱左右。采访的时候，阿里木让我把手指头放到骆驼嘴里，我有些怯生生的，但是挡不住好奇心，还是放了进去。就觉得手指被软软的大嘴包裹起来，这只8个月大的小骆驼一直在用嘴唇轻轻地咬，肉乎乎的，软软的，一点都不疼，好乖好可爱，那么友善。骆驼奶也不便宜，一公斤40元左右。挤骆驼奶的时候我怕挤疼了母

骆驼，不敢太用劲，所以一滴都没挤出来，好尴尬。旁边的维吾尔族老乡挤的时候就很劲儿，从母骆驼乳房上面使劲往下捋，一会就挤出不少。骆驼奶富含维生素C、钙，这家90岁的维吾尔族爷爷热合曼平时就喜欢喝骆驼奶，一天要喝一大碗。香喷喷的骆驼奶加上甜蜜蜜的骏枣，是不是很养生呢？新疆的烤馕也是一大特色，不过很多朋友吃不习惯，太厚又硬，不太好嚼。而比普通馕薄多了的饼叫恰皮塔，也叫柯坪馕，是在馕坑里烤制成的。因为够薄，20多秒就能烤熟一张。面皮在进入馕坑以前，需要在两只手之间来回抛接，这样能大小均匀，吃起来更筋道。馕渗透在维吾尔族老乡生活的一日三餐里，必不可少。不过如果说骆驼奶、红枣、馕是柯坪长寿老人的长寿密码，还真不能服人。我们又挖出了一种汉族人很少见，只有在柯坪才有的“长寿果”宝贝。它从地里挖出来时带着湿湿的泥土，还有大绿叶子，圆不溜秋的茎，乍一看还真挺像萝卜的，它叫恰玛古，学名芜菁。根据史料记载，当地种植恰玛古已经有2000多年的历史了。这种“柯坪萝卜”富含有机活性碱，还有多种氨基酸，消食、止咳润肺，所以这里的人把它看作“长寿圣果”。从12月到来年4月，有近半年的时间可以吃到恰玛古，保存恰玛古也很方便，在家里后院挖个土坑埋上就行，平均一个柯坪人家一年要吃掉200公斤的恰玛古，用恰玛古清炖羊肉，是当地最简单的养生美食。拍摄的时候，我尝了一下恰玛古，口感面面的，有点像带苦味的煮土豆，一下子还不能喜欢上，需要慢慢去适应。

在现场拍摄时，一位叫阿不都的小伙子一边做着恰玛古炖羊肉，一边接受我们的采访。闲聊中，我们发现他说的话意味深长。

记者：基本上兄弟姐妹都在柯坪生活。

阿不都：老大在乌鲁木齐住。

记者：就是说父母在不远行，是不是？在一起大家能互相照应。

阿不都：是，这个世界上最重要的就是爸爸妈妈，你挣了那么多钱也没意思，现在我们没钱也很高兴，爸爸妈妈在一起，一天吃什么能看到。

记者：在阿不都的眼里亲情是最重要的，可能挣多少钱不是第一位的，能够孝顺父母，能够让子女快乐成长，兄弟姐妹都能过得很快乐，这个是最重要的。

阿不都：对。

当时听了阿不都说出“你挣了那么多钱也没意思，我们没钱也很高兴，（和）爸爸妈妈在一起（是最快乐的）”这句话时，我很感慨。也许这就是现在维吾尔族年轻人最朴素的生存哲学。对于每一个在外奋斗打拼的年轻人来说，不能陪伴父母是再正常不过的事情，节假日、甚至是家人病重的时候都不能在床前尽孝，包括我自己。2011年，父亲因为小细胞肺癌化疗的时候，我还在外面采访拍摄，等回到家的时候，父亲已经逝去一周了，没能赶上看他最后一眼，那种痛苦，伴随着后来十多年的时间，直到现在，每次想到他我都会内疚流泪。一直把事业作为毕生追求的我，觉得人生没有比事业更重要的事。可是渐渐地，收获的证书也堆了厚厚一摞，内心很满足。但有时心里也会空落落的，好像得到了很多，又好像什么也没得到。这些荣誉、认可是我内心深处真正需要的吗？还有没有别的更珍贵的呢？亲情、爱情呢？我竭尽全力去追逐梦想，舍弃了其他，可是当梦想一点一点实现的时候，我又觉得亲情、爱情离我越来越远了……什么时候我才能放过自己，去追求内心真正所需呢？如果上天再给我一次机会，在爸爸的生命和工作中做选择，我还会像当年一样的选择吗？不！一定不会！我一定会选择在病危的爸爸身边陪伴他，半年甚至一年，哪怕辞职。工作年年都会有，但是爸爸的生命只有一次，永远没有“如果”了。有人说青春最大的悲剧是你明明知道它的可贵但是你却抓不住它。亲情有时候不也是如此？子欲养而亲不在，人生真的就是一个又一个遗憾组成的。

所以采访时，听到阿不都的这番话，看似普通得不能再普通的话，我还是深深地认同，虽然我没能做到，还有梦想在去追逐，但是我会尽力去做。淡淡的几句话，却折射出阿不都和很多维吾尔族青年人的人生观。前面在第一篇婚礼章节中我提到：具有民族精神的节目怎么才能捕捉和拍摄出来呢？很多时候就是在他们放下戒备、完全放松，把你当成可以聊天的亲切的朋友时，不经意流露出来的想法。如果我们只是流于表象，去拍摄他养羊的日常，或者做恰玛古炖羊肉，那就只是表象化的拍摄，这些只是维吾尔族同胞生活的特征，并没有表达出他们内在的精神世界，更谈不上用民族精神观察客观事物了。

那柯坪县维吾尔族同胞的民族精神到底是什么呢？

我们又采访了当地一位做柯坪木勺30多年的传统手工艺人。他做的这种木勺是亚库甫爷爷寿宴上要用到的餐具，小巧实用，用它吃饭、喝汤不会烫嘴，很受欢迎。它是杏木的材质，纯手工制作，过程复杂，有浸泡、切割、挖勺、抛光等十几道工序，工艺要求很高，也是当地的非遗项目。别看这才几元钱一把的小木勺，就是靠着这项手艺，大叔养活了一家人，也供女儿阿依加玛丽读到了高中。阿依加玛丽戴副小眼镜，纯真、腼腆，但是秀外慧中。我随机对她进行了采访。

记者：那你将来毕业了，是想跟爸爸学做木勺还是想做什么？

阿依加玛丽：继续上大学，看别的地方。

记者：出去看外面的世界是不是？

阿依加玛丽：对，想去上海或者是北京，去天安门、鸟巢。

记者：那你就必须要考到北京去，有信心吗？

阿依加玛丽：有。

在采访前，我私下问过阿依加玛丽的爸爸，他希望女儿以后做什么？他说希望女儿高中毕业后能留在他身边，在家乡找份好工作，嫁个好人家。然而在采访完阿依加玛丽之后，我被她温柔的外表下藏着的勃勃野心击中了，好像高中时候的我，怀揣梦想，谁也劝不动，终于来到了心心念念的北京，追随着一生挚爱的事业。六年过去了，我不知道如今已经二十出头的阿依加玛丽是不是在上大学？是在北京还是上海、新疆？不管在哪里，我相信她一定在追寻着自己的梦想！因为从当年小小的她，那温柔却坚定的眼神里，我读到了渴望和期待。阿不都和阿依加玛丽，一个属于年轻一代的柯坪人，一个属于新生代柯坪人，一个愿意守护父母，认为平平淡淡才是真，而另一个对外面的世界充满了想要挑战的好奇，这难道不是柯坪新一代人的内心世界和内在性格气质吗？

4天后，亚库甫爷爷的生日也到了，我们带着提前给他买好的羊毛背心来到了他家。还没进他家的家门，就被庭院里热闹的气氛震撼了！

因为爷爷108岁的大寿，晚辈们从阿克苏的各个地方赶回来了，小小的院子挤得水泄不通，少说也有五六十人，这是我们完全没有预料到的，和之前爷爷茕茕孑立、形影相吊的一个人生活的场景大不一样！亚库甫爷爷今天打扮得很精神，当我把背心拿出来送给爷爷的时候，爷爷深陷的眼窝里溢满了泪水，想说话又没说。我们就帮他穿上，爷爷很瘦小，但是精神矍铄。我说："爷爷好帅哟。"儿孙们都乐了，爷爷也笑了，笑容像个孩子一样纯净。我们帮他把毛背心扣好，爷爷拍拍我的肩膀，拉着我的手，还用另外一只手摸我的额头，来回扒拉，把我的刘海都捋乱了，哈哈。我一边扒拉着凌乱的刘海，一边说："爷爷把最好的祝福也送给我了，据说长寿老人摸过我们晚辈之后，我们也能够健健康康，长寿有福。"爷爷的儿孙和重孙辈们都很羡慕地看着我。

我也来不及沟通，直接在现场即兴采访。亚库甫爷爷是大家长，是第一代，还有第二代、第三代、第四代，而说到第五代的时候，镜头聚焦在了一个婴儿摇篮，小宝贝还在熟睡，我长这么大，跑遍了全国大小两三百个县，也是第一次碰到这样五代在一起的大家庭。我就问旁边孙女辈：有没有算过，这样一个大家庭总共有多少人呢？她回答说：102人！我很惊讶，到底是有多大的福分，能生活在这么一个温暖、庞大的家庭！有句老话，家有一老，如有一宝。爷爷就是家里的主心骨和大宝贝。

在现场，爷爷重孙辈的小朋友太多了，有好几十个，我就随机采访了一个挨我最近的小男孩。

记者：你觉得每次从阿瓦提县回到柯坪县远不远？

重孙：不远，为了爷爷值了！

当时我们听到这个小小少年的回答，都很意外，一下子笑了，我拍着他的小脸，赞赏有加！这时小男孩的爸爸也在旁边开心地笑了起来，可能他也没有想到自己的儿子能这么回答，让他很骄傲，他是亚库甫爷爷的孙子辈。

记者：爸爸对爷爷那么好，然后你又对爷爷那么好，然后他也受影响是不是？

孙辈：就是就是。

记者：所以这种孝顺都是一代传一代。

置身在亚库甫爷爷的大家庭里，虽然很多时候语言不通，但是心里特别暖，为了留下这珍贵的瞬间，我们为爷爷的大家庭拍摄了全家福。亚库甫爷爷记得每一位晚辈的名字，他亲吻着每一个小重孙子的额头，小重孙子们为爷爷唱歌，儿孙辈们都齐心协力为爷爷的寿宴忙活着，有恰玛古炖羊肉，也有手抓饭，还有鲜美的骆驼奶。亚库甫爷爷最爱吃羊肉了，我们看他手里拿着大羊棒骨，用小刀剃上面的肉吃，虽然已经全口没有一颗牙，但是爷爷吃得很尽兴、开心。可能有人要说，这么油腻，高龄老人能消化吗？这是新疆老人们的饮食习惯，还有解油腻的胡萝卜、卡玛古等搭配着吃。

现场还来了很多能歌善舞的街坊邻居，帅哥靓妹，一起跳着麦西来甫，这是“上到99，下到刚会走”都会跳的舞。标志性的动作就是动脖子，也不知怎么回事，我不用学就会动脖子，可能天生就拥有的技能吧。我时不时和他们对跳，完全融入了进去，很放松好玩。维吾尔族老人们则坐在一旁打着手鼓，或者弹奏热瓦甫，这种弹拨乐器都是用蟒蛇皮来做鼓面，比较结实，而且有弹性，共鸣效果好。一件乐器可以用到20年甚至更久。葡萄架下，不管认识的、不认识的，大家都在亚库甫爷爷的生日聚会上共享着快乐。

晚辈的孝心让亚库甫爷爷感到温暖知足，正是这维吾尔族极具民族风情的生活，造就了他们忠孝仁爱、乐观向上的民族精神。这一场天山脚下的聚会，我永远铭记在了心间……

我们多次拍摄寻访各地的长寿老人，积极寻找长寿密码，比如湖南湘西麻阳会砍柴还会算账的要强百岁阿婆，海南澄迈爱喝咖啡每天两杯的美女百岁阿婆……发现他们长寿跟各地适宜人类居住的地理环境气候有关，还有就是通常我们说的健康饮食、合理运动和长寿基因等，这些都很重要。除了这些，我们发现百岁以上的长寿老人们大多是儿孙满堂、绕膝左右，时常享天伦之乐。很少有长寿老人是孤苦伶仃一人生活的，如果连个说话的人都没有，心情也不可能快乐到哪儿去，所以身边孝顺的子女多，是决定一个老人幸福感的重要指标。拥有积极的生活态度、轻松快乐的生活方式、增强自身的幸福感，再加上良好的邻里关系、子女亲人的温暖陪伴，有着稳定舒适的亲密关系和强烈的归属感，也许这就是每一位百岁老人的幸福长寿密码。

绝活才艺
非遗篇

中国的非物质文化遗产总数居世界第一，共有10万余项。我很喜欢记录这些非遗文化的点滴，无论是传统的音乐舞蹈、戏剧曲艺，还是体育杂技、美术技艺等，它们不仅传承着祖先的智慧、历史，而且都带有温情和温度，可以说每一位非遗技艺的传承人都是在用青春甚至是生命来守护非遗。当然这些传统习俗里也有让人不能接受的地方，比如有些民族节庆里的镖牛仪式，当十几位壮汉拿着标枪刺向祭牛，而漫山遍野的欢呼声不绝于耳的时候，我转过身偷偷地掉下了眼泪；或者某景区有20位游客坐在一只骆驼拉的板车上，骆驼被累得跪下不起，我在现场大喊“有没有人能下来自己走”没人回应时，我觉得很无助，尽管事后也和地方政府反映过，但是我觉得非遗保护与发展还是面临着很多的问题……作为记者，时代的记录者，我们有责任和义务把拍摄非物质文化遗产的乐趣分享给大家，把对文化传承的那份感动流传下去，守望我们共同的精神之魂。

玩在杂技乡

2013年的6月，顶着炎炎烈日，我们摄制组来到山东省菏泽市巨野县的杂技之乡——孔楼村。刚到目的地，一对青年小夫妻就要“大变活人”，给我来个下马威。我说了，自己是来抄底的，要让他们夫妻俩没有饭吃，哈哈！职业记者要显威力了！

小伙子叫孔伟，只见他搬出一个暗红色的箱子，打开让我检查，箱子有一立方米大小，我站进去，又蹲下去，拍拍四周，检查了个“底朝天”，没有发现任何破绽。他们让我蜷起来，盖上箱子盖，我就被锁在箱子里了，直喊“救命”！我实实在在地感受到了里面的闷热，黑黢黢的，确实什么机关都没有，一种求生的欲望油然而生。我出来后，就搬起箱子底，让电视机前的观众看看，箱子下面是没有地下通道的。这时孔伟把我从脚底往上套了一个红色的大布袋子，上面又要扎起来，我慌得想要赶紧出来，一切都是在向我证明：箱子和红口袋都是没有问题的。

“大变活人”的魔术就要开始了。他们让我先用一条丝巾，把孔伟的妻子李晓敏在后背的双手绑起来，我用了很大的劲，打了好几个死结，他们直说下手太狠了。我心想：可不能给她逃生的机会！然后用红色大布袋把李晓敏装进去，上面的口也扎了个严严实实，我又检查了一遍，孔伟便抱起李晓敏放进箱子，我怕她逃走，又亲自上了锁，然后大家又用绳子把箱子前后左右捆了个结实，我还是不甘心又检查了一遍，说：现在看来大姐是插翅难逃！四个助手拿出一个条纹方

形大口袋，罩在箱子外面，不停地抖动着，孔伟钻进条纹口袋，露出头，说："等我数到3的时候开始抓我头发，不数到3，千万别抓！"我嘴上说"好"，心里却想：看你能变出什么花样！他喊着"123"！我还在笑他头发太短，不好抓呢，可是迅雷不及掩耳，孔伟就不见了，他妻子李晓敏的头钻出来了！我当时就傻眼了！啊！啊！啊！真不知说什么好！

李晓敏明明被五花大绑，锁进了箱子，却突然跳出来，站在我面前活蹦乱跳的！孔伟眨眼间被锁进了箱子，我眼睁睁地看着这一切的发生，却不知道怎么变的，真让人着急！我不服气，还是打开了箱子上面的锁，孔伟还在红口袋里，口袋头还是我刚才打的那个死结！他出来后，手也是被反绑着的，也还是我刚才打的那三个死结。孔伟说：这是个传统节目，大家都知道魔术的"魔"字，上面一个麻痹大意的"麻"字，下面一个"鬼"字，也就是说在你麻痹大意的时候，我就开始捣鬼了！当时我确实有点蒙，因为现场体验展示还要采访，没有更多思考的空间，不过潜意识告诉我，可能每一个环节都在捣鬼！从手上的死结，红口袋、箱子、条纹口袋，每一个看似天衣无缝的道具背后，是不是都有不可告人的秘密呢？

后来我强烈要求孔伟给我透透底，他说：这个箱子如果锁得好好的，是不可能进去的，这里面有其他的机关，包括口袋等，这里面的机关非常复杂！我说嘛，不出我所料，机关重重的"大变活人"，其实考验的是杂技人的反应速度、熟练程度、冷静心态等，在场围观的老乡们也看得乐乐呵呵的，他们很多人都笑而不语，因为他们都太明白了，都是杂技人，心里面，那是门儿清啊！

巨野的孔楼村和河北吴桥一样，都是赫赫有名的杂技之乡，上到九十九，下到刚会走，家家耍杂技，人人会一手。村口八十岁的大爷抄起竹扫把就和另一位拿着铁锹的大爷对打起来了，老哥俩配合默契，打得虎虎生风，也活动了筋骨。孔楼村的杂技，起源于明代万历年间的鲁西南杂技，还融入了河北沧州杂技技艺，逐渐形成了孔楼杂技。随便一户人家十来岁的小妹妹都能用鼻梁顶皮拔子，皮拔子一头再放上一块砖，还稳若磐石。鼻梁顶完皮拔子，下巴再顶扫帚，一连串动作轻松得如行云流水。就这才训练了一个多月，每天两三个小时，都已经功夫了得。不过我发现小妹妹的鼻梁和下巴上都有破皮伤疤，还是很心疼。我说这么辛苦就不要练了，她说不行，我要上台演出！对自己够狠，将来必成大器！

孔楼村真是人人会一手。一位大姐看起来心宽体胖，有一百六七十斤的体格，但是她的技艺却让人竖大拇哥！红色的折纸扇展开之后，被她稳稳地顶在鼻梁上。舀汤用的大铁勺，还有吃饭用的筷子、切菜用的菜刀、蒸包子用的笼屉都能在她的鼻梁、下巴上稳稳地站立。看得我都快惊掉下巴了！真是人不可貌相！看起来健硕的身躯（和我站在一起，有我三个腰粗）却蕴藏着这么强的平衡力！ YYDS! 说她是高人一点也不为过！大姐说：这都是练出来的绝活！小的时候特别能吃苦，都是早上四点钟就起来练功，还要倒立什么的，那时候练出来的功夫现在已经不用练了。原来这种“童子功”已经刻入骨子里了，需要的时候信手拈来。可以说任何东西在大姐的眼里都有重心和平衡点，都能顶在鼻梁上。民间卧虎藏龙！当地流行着一句话：顶重好顶，顶轻不好顶！一位大叔能顶报纸！裁一条三四厘米宽、十厘米长的报纸条，从中间对折，就能顶在鼻梁上，屹立不倒！不服的朋友可以在家试试看，到底难不难！

《巨野县志》有记载，角抵戏就是杂技的前身。腰、腿的顶功就是杂技的第一要素。在孔楼村，刚学会走路的小宝宝就要开始练功了，也许有的家长会说：是不是太残忍了？没有背后受罪，哪来人前风光呢？也许有人说：干嘛要风光？平淡、快乐不好吗？躺平当然也是一种人生选择，但是对于过去的孔楼村人来说，土地、环境资源匮乏的年代，能有一项生存技能，不啃老、不乞食，是活着的一份尊严。这几个下腰、倒立的三四岁小姑娘，哪个不是含着眼泪，疼得牙齿咬得紧紧的，在练基本功？我在现场采访了一个最瘦小的小囡囡，我看她哭得很伤心，问她：怎么了？太疼了，是不是？她哭着点点头，不说话。小女孩知道说了也没有用，还是要继续练，只有继续练！

孔伟说，孔楼村5000多口人，人人都会杂技，这也是传承了400多年的吃饭本领。没有人是笑着长大的，都是哭着练着长大的，小时候哭得越厉害，长大笑得越开心！相信站在一旁围观的大人里面也有小囡囡的妈妈，看着女儿吃苦受罪她能不心疼吗？但是她不能去哄，让女儿掌握真本领才能有出息，如果爱她就让她真正的成长，而不是成为一个被宠溺的巨婴。巨野县作家协会原主席张殿臣老先生介绍：我的小时候，不叫杂技，而是叫玩把戏，玩把戏的目的是什么？是为混口饭吃，那时是谋生手段。现在杂技成为艺术的一种门类，不单单是为了糊口，而是一种艺术追求，一种享受，是一种创造和贡献。张老先生的话按现在流行的说法那就是：经过痛苦磨砺而最终获得世人认可，将来能在聚光灯下，为全国的观众表演自己的绝活才艺，那是自我价值的实现！每一个孔楼村杂技人都懂得延迟满足的理儿，吃得苦中苦，方为人上人，老理儿激励着他们每一个人！

稻盛和夫说：吃苦不是忍受贫穷的能力，吃苦的本质，是长时间为了某个目标聚焦的能力。在这个过程里，放弃外界的吸引和诱惑，放弃无效社交和物欲，承受不被理解的孤独，它的本质是一种自控力、

自制力，坚持和深度思考的能力。

手脚齐上阵，以大雁展翅的方式来摇呼啦圈，也是村里一位姑娘的绝活。呼啦圈我也会，如果只是放在腰间，我能连续摇上千次不带停，但是手脚并用就不会了。这个姑娘能同时摇上百个呼啦圈，可以挑战吉尼斯纪录！还有村民能手指头顶菜坛子，而且还能飞快旋转，能让菜坛子在伸展的胳臂上来回滚动，这些难度都是带加号的。

孔伟的妻子李晓敏的绝活除了开场夫妻搭档的“大变活人”，还有这腿蹬桌子，人躺在椅子上，用两只腿把一张一二十斤重的方桌玩得溜溜转，人称“李铁脚”。这张方桌在李晓敏的双腿间就像飞旋的风火轮，这还不算绝，她还能一只腿蹬桌子，另一只腿和两只手同时转手帕，实在是高！但是她还有杀手锏：一根直径10多厘米的树干，四五米长，两头用红绸布绑好，我和另外一位大姐各坐一头，我94斤，那位大姐100多斤，两人加起来200多斤，李晓敏却用她的双腿在树干的中间找到一个平衡点，把自己当支点，用双脚蹬干把我俩360度旋转。虽然她的技艺精湛，不会出错，但是我心里还是慌慌的，怕压坏了她，我会掉下去，我就“啊”地叫了起来。转了十多圈，李晓敏双腿才停下来，我悬着的心也落了地。就在我觉得应该结束拍摄采访的时候，李晓敏却叫人抬来一口大缸，五六个大男人一起抬过来，缸里面还坐着刚才那位大姐，连人带缸又是200斤，李晓敏继续用双腿蹬，来来回回地转，看得我都屏住了呼吸。缸上又坐上去3个小女孩，总共300多斤的重量，李晓敏用她并不算粗壮的腿支撑了起来！当表演结束，我问满面通红、汗流浃背的李晓敏：你最多顶过多少斤？她说：

500多斤！我把孔伟也叫过来，打趣地问他：日常在家，你是不是特别怕她的腿？孔伟说：是！我说：你都不敢惹她吧！孔伟像遇到了知音，求生欲极强，赶紧说：不敢惹！我看着李晓敏说：你这一脚下去他就飞到房子那边去了！俩人都乐了！所以“李铁脚”可不是浪得虚名！

在孔楼村拍摄的时候，这里的乡亲都争先恐后地为我们表演绝活，有用嘴顶自行车的、有在五六层椅子上拿大顶的，还有耍长鞭劈报纸的，看得我心惊胆战！汗毛竖立！孔伟最后拿出了他的压轴好戏：用一侧的肩膀顶起一根三四十斤重、八米左右长的竹竿，一个叫子龙的小男孩像猴子一样轻巧地爬到竖在孔伟肩膀上的竹竿顶端，凭着竹竿的弹性，在上面做一些高难度的杂技动作。我在下面惊得嘴都合不上，已经无法用言语表达了！孔伟把它叫做“百尺竿头”，就是凭借这个绝活，他和搭档一路奋进，十年来穿梭于全国各大综艺节目的现场，央视的“我要上春晚”节目组也曾邀请他去表演。孔伟也被授予孔楼杂技的非遗传承人，还出访了欧美亚等地的20多个国家，做巡回演出，收获了很多的掌声鲜花和赞誉！

说实话，孔楼村的这次拍摄，我一生难忘，真的从来没有见过那么多天赋异禀的民间杂技人。他们各个身怀绝技，却不显山不露水，一期三十分钟的节目根本拍不完。2023 年的 1 月 25 日，大年初二，我写着孔楼村杂技人的故事，和还在湘西演出的孔伟电话里聊着他的遗憾和梦想，他说常年在外演出赚钱养家，没能照顾好父亲，在父亲得癌症的时候也没能照顾到他，是自己人生最大的遗憾。孔伟的梦想是能够办一所环境设备好的杂技学校，为孔楼杂技培养更多的传承人。世界是喧嚣的、五彩斑斓的，但是也容易让人迷失、沉醉。孔伟和孔楼村的老乡们，在这个物欲的世界，一直坚守着这份古老的杂技技艺，坚守着对传统文化的热爱，这是真正打动我的，以梦为马，不负韶华。

HAPPY
DAY

为了“它”我动手打人了！

在一个偏远的村庄，我和摄像老师在拍摄村子空镜。天空下起了毛毛细雨，我说：魏哥，我去老乡家借把伞，免得把镜头打湿了。摄像叫魏辉，一位很有经验的资深摄像。他说：好。我就往一个认识的老乡家走去，可是在上坡时，远远的，我发现一个村民在把一只小狗从麻袋里往外拿，旁边还放了一只棍子，我心里咯噔一下，预感不好，跑了几步，走近一看，一只小狗摊在地上。我一下子愤怒了，使出浑身的劲，狠狠地把蹲在地上的村民推倒了，大声喊道：不许杀狗！村民吓傻了，慌忙爬起来，我像个孩子“哇”一声大哭起来，边哭边嚷：“你为什么杀狗？”村民边说边扒拉着小狗：“已经死了”。我哭得更伤心了，这位大叔很尴尬，左右不是。

这时一只哺乳期的狗妈妈低声呜咽着从旁边窜过。我仔细看了这只小狗，淡黄色，可能只有两三个月大，毛茸茸的，还长着胎毛，我恨自己，晚了一步没能及时把它救下来，我知道再吼也没有用了，擦着眼泪去拿了伞，回到拍摄的地方，摄像老师魏哥看到我，奇怪地问：“毛毛你怎么哭了？妆都花了。”我心里更难受了，眼泪扑簌簌地又掉了下来，说：“魏哥，他们杀狗。”魏哥也不知道说什么好，正在这时，当地县里协助我们拍摄的政协主席、一位长者赶过来了，他一脸郑重，很严肃地跟我说：“毛导，我代表村子里的村民向你道歉，当地的风俗是用狗仔来招待远道而来的贵客，没想到……”我还是很伤心，心疼那个鲜活的小生命。这种用小狗仔来招待远方客人的风俗，在我眼里就是陋习，无法原谅。

事情已经过去十多年了，现在回想起来，心里还是会隐隐作痛，也感叹自己当时不知哪来那么大的劲，能把一位大老爷们推倒在地，只觉得自己很勇敢，为了一个无辜的小生命，可以跟人“拼命”。

这些年，我们长年游走在阡陌乡村，我给自己立下了一条底线和原则：不能因为节目拍摄而伤害任何一个小动物的生命，它们也是地球大家庭的一份子，也有生存的权利。每次拍摄时，遇到流浪的或者是农家的小狗，我都会把午餐打包带给它们吃，给它们开开荤，“勿以善小而不为”。所以很多小猫小狗见到我，都会特别亲，可能我身上带有一种亲和的气味吧。我爱小动物，它们纯真、可爱、忠诚，不会主动伤害、背叛人类。同时它们也是一面镜子，折射出人类身上很多的缺点和不足。这些可爱的小动物身上，有着人类所缺少的品质，这也是很多人喜欢小动物的原因。也有人说，看一个人的灵魂是否高贵，并不是去看他如何对待一个人，而是去看他怎么样去对待一个动物，因为动物在人类面前，是卑微的、弱小的，甚至它的生命都无法保障，它的感触更是被忽略的。在没有约束的前提下，人性的高贵与卑劣，在弱小的动物面前会显得淋漓尽致，因为动物不会谴责，不会咒骂，不会哭、不会闹，而人是站在食物链的顶端的，动物的生与死都在人的一念之间，所以这个时候很容易看出一个人的卑劣与高贵。人对一个人好不难，因为人会受文明、法律的约束，受社会的监督，人有利用价值，所以人对人好是一件平常的事情，而人要对一个动物好却很难，因为这需要自发的耐心和爱心，还有对弱小生命的同理心，所以人对人好不好是人性的显露，而人对动物好不好，是本性的痕迹。人善待一个人是为人道德的体现，而善待一个动物也只有拥有高贵灵魂的人才能做得到。您赞同吗?

法国大革命时期著名的政治人物罗兰夫人，因为被人出卖上了断头台，当她将要死亡的那一刻，说出了一句惊世骇俗的话：我认识的人越多，就越喜欢狗。印度的“圣雄”甘地也说过，一个民族的文明程度和道德进步水平，可以用其对待动物的态度来衡量。十多年来，我的200多期专题节目里，有很多小动物的拍摄，我都怀着一颗极其喜爱甚至是溺爱、呵护的心来跟它们相处，拍摄出它们绝活才艺下的机敏乖巧和纯真简单。可喜的是在2023年4月，农业农村部官网的文件中，明确“犬猫属于非食用动物”，我们也希望小动物保护法早日出台，那些遗弃、虐待、杀害小动物的人能得到惩处。同时，呼吁更多的朋友能真正关爱、保护这些弱小生命！

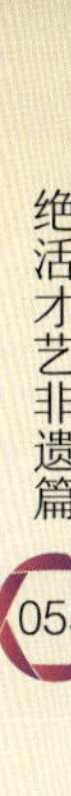

金刚鹦鹉是"复读机"

2014年在宁夏银川的沙湖景区拍摄时，我第一次亲密接触了金刚鹦鹉，印象中它们都是"碎嘴子""话痨"，模仿人说话都是一套一套的，殊不知，它们的绝活才艺很多，可不是一般的聪明。比如用嘴叼小水桶、走钢丝、玩轮滑、骑小自行车、玩滑滑梯等，就像一个披着鹦鹉外衣的贪玩小孩。

听说它们还认钱，为了检验真伪，我就先拿了一张十元的纸币，举得高高的，距离驯鸟员有三五米远，只见一声令下，一只淡绿色的小鸟从驯鸟员手里欢快地飞过来，站在我的手掌上，有模有样地辨认了一会儿，就愉快地把钱用喙一夹，溜了。我当时被它这一波操作逗得前仰后合，可是接下来，我又换了一张五角钱的纸币，拿在手里举得高高的，还是跟刚才一样，它再次飞过来，在我手掌上停了一会，也许是发现了纸币面额太小，嫌弃了几秒，又若无其事地飞走了。"小财迷"称号当之无愧。"小财迷"还能学我笑，我刚笑完，它就开始模仿，就像把我的笑声录下来重新播放一样，乐得我露出了后槽牙。声音还有点奶声奶气的，毕竟它个子比人小，发声器官细小，声音出来有点像婴儿声。它还会学我咳嗽，我咳一声，它咳两声，像到我都怀疑是我自己咳的。"恭喜发财"这样的吉利话也是张口就来。

说这几只色彩斑斓的金刚鹦鹉是复读机，感觉侮辱了它们的智商，应该送它们去上学。

小海狮喜欢“贴贴”

近几年电视节目的审查越来越严格，拒绝动物表演，我是非常赞成的。它们本来就应该在大自然的环境里，无忧无虑地快乐成长，顺应天性。

2014年，那时审查节目对于动物表演没有明确规定，所以我们也拍摄了一些在人的驯化下的小动物，极尽可能地展示它们的聪慧、灵气。在食物诱导和耐心的训练下，小动物们是能掌握一些表演小技巧的。

小海狮一边打滚一边顶球，或者你一下我一下地对顶，随着音乐跳迪斯科，做托马斯全旋的高难度动作，这些都是长期训练的结果。有头叫露西的小雌海狮足有四百多斤，别看它大块头，但是非常灵活，能单鳍肢支撑在地上转，还能头顶圆球，同时尾巴也顶一个，往前爬行。它很聪明，能听懂我的口令，我说“UP”，它就乖巧地往前；我说“露西，来亲一个”，同时用手指点点我的脸颊，它就把黑黑大大的脑袋伸过来，又湿又软的大嘴巴就凑上来，亲一下，我的心都要化了，虽然被它的长胡子扎得麻麻的，但被连亲了三下，我的心甜透了。有这么乖巧的小海狮吗？真的有！我赶紧从桶里抓出几条小鱼奖赏给露西。当我正在拍着露西的大脑袋对着镜头说，“露西，我也爱你，我们现在已经是好朋友了，我真的没有想到海狮能这么听话”时，冷不防地被露西偷亲了一口，哇！它居然主动亲我，说明它真的喜欢我，幸福滋味马上加倍，内啡肽在体内飙升，我永远地记下了这个瞬间，并且坚定了爱护每一个小动物的决心。

奔跑吧！大鸵鸟！

说起鸵鸟，很多朋友脑海里就会出现早些年《动物世界》节目片头鸵鸟奔跑的场景，加上法国著名电子乐队Space的《Just Blue》激情澎湃的配乐，让人激情迸发，思绪天马行空！说鸵鸟是大长腿，没有人会反驳，它们一跑起来，我们就只能看见大长腿了！

2020年7月，我在河南郑州拍摄一位鸵鸟养殖户的创业故事，他正要给鸵鸟搬家，也就是要抓鸵鸟，把它们运输到另外一个新的生态养殖场。抓鸵鸟有危险，毕竟它们是现存体型最大的鸟，一般会有200多斤，奔跑能力强，是长跑冠军。抓鸵鸟的小伙子手里拿一个胳膊粗细的头套，抓到之后就给它们套上。鸵鸟在前面跑，小伙子在后面追，我们的无人机在空中盘旋拍摄，这场景很是紧张刺激。鸵鸟也是有灵性的，虽然它们跑得有些慌乱，但是它们不会撞树，更不会撞人，毕竟是养殖场的鸵鸟，对人有敬畏。我和摄像跟在小伙子后面跑，几个来回下来气喘吁吁。

终于在合适的时机，小伙子抓住了一个掉队的鸵鸟，先抓它的翅膀，再抓住脖子，可是这只公鸵鸟，力气太大

了，又挣脱了。没办法，只好借助辅助工具，一根2.5米长的不锈钢杆，前端有钩子。看中目标后，小伙子一下子钩住鸵鸟的脖子，所谓“抓蛇抓七寸”吧，也许过长的脖子是鸵鸟的软肋，钩住脖子鸵鸟就只能缴械投降了。它再翻滚挣扎也徒劳。其实这时人们并不会伤害它们，只是想给它们一个更好的居住环境。在鸵鸟的反抗中，小伙子顺势把手腕处的头套给鸵鸟套在头上，动作之迅速，我们都还没反应过来就已经套好了。

被戴上了头套的鸵鸟温顺了很多，也特别滑稽，像一个被抓捕归案的江洋大盗，三个人一起把着鸵鸟的两边和尾部把它运上木板搭好的卡车。可就在这时，一只脾气格外火爆的鸵鸟，从卡车上冲了下来，四处冲撞，跌跌撞撞地跑了几步，好在四周都是灌木丛，没一会就又被抓住，再次押送上车。就在我们刚松了一口气的时候，它居然第二次冲下车，木板被踩得山响，吓得我闪到了一边。真是一只桀骜不驯的大鸟！它的应激反应过于强烈，怎么做到既能抓住它们又不要伤害到它们，就要靠经验了。抓12只种鸵鸟运上车花了两个多小时，所以你看，鸵鸟的实力不容小觑。

鸵鸟爱跳舞，而且还是公鸵鸟，它们两只腿跪在地上，展开黑白相间的大翅膀，来来回回地扇动，有点夸张、好笑。养殖户说：这是它求偶的动作，遇到喜欢的母鸵鸟，它就跪在母鸵鸟面前跳，是不是像人类的双膝跪地求爱呢？母鸵鸟心领神会，如果郎有情、妾有意，那么就可以双向奔赴，卧下一起享受美好鸟生了。

每年的3月到10月，不少母鸵鸟就会产蛋，鸵鸟蛋大得吓人，足有3斤重，得双手抱着，擦去上面的浮土，就能拿到孵化室孵化了。小鸵鸟孵化出来就挺大了，十多天的时候就跟一只成年三黄鸡差不多大小，有两三斤重了。如果再长到1岁，就能到200多斤了。因为生长快，所以对钙、磷的吸收特别快，需要调整饲料配方比例，加大这些元素的配比，如果养殖户缺乏这些常识和经验，就容易出现规模死亡的情况。

小鸵鸟非常顽皮，它们对闪闪发光的东西比如首饰或者白色的带子很敏感。我在拍摄时，被小家伙们“围攻”，它们好奇心重，围着我的腿不肯走，一会儿的工夫就用尖尖长长的喙，把我的鞋带给叨开了，简直是解鞋带小能手，无师自通啊。以前拍摄丹顶鹤的时候发现它们也有这项“特异功能”，可能是这些鸟类的“通病”吧。看它们叨开鞋带很开心，但是再给绑上就得自己动手了。

为了招揽游客，养殖户会把鸵鸟的羽毛染成粉色，带它出去溜达的时候，走在绿油油的庄稼地里，很是耀眼美丽，也拉风。再给戴上可爱的小帽子和酷酷的眼镜，争相来合影的游客就多，若还能骑上一圈，就完美了。但是前提是体重轻的可以骑，比如94斤的我，其实我是舍不得骑它的，怕把它压疼了。为了节目效果，不得已骑一会。粉粉的大鸵鸟呆萌甜酷，我正好还穿着粉色的衣服，莫名的和谐。骑在它身上时，才发现这只名叫“PINK”的鸵鸟步伐稳健，不亚于骑马的感觉，有“这是朕为你打下的江山”的豪气，不过舍不得多骑一会，怕把它累着了，感受下就行了，赶紧下来吧！拍拍这个可爱的大宝贝，“PINK”好样的，为你点赞！

小香猪“香”的秘密

香猪也叫“迷你猪”，比如有贵州黔东南的从江香猪、剑白香猪，还有广西的巴马香猪、环江香猪，藏香猪等。我拍摄过广西的巴马香猪和环江香猪，环江香猪全身乌黑，矮小滚圆，像个小矮冬瓜，是我们俗称的“土肥圆”，叫人爱不释手、我见犹怜。广西巴马香猪是两头乌、中间白，如果白色部分有杂毛色就不纯，而环江香猪是全身黑色，没有杂毛，也叫“黑珍珠”。都说环江香猪滋味格外香甜，绝对的美味佳肴。我去环江很多次了，从2013年开始就拍摄节目，但香猪肉我没有吃过，是没有机会吃到吗？当然不是了！当地人热情接待，几乎餐餐都有香猪肉，这是接待贵客的标配。但是因为我太喜欢这些呆萌的小猪猪了，每次拍摄抱在怀里都舍不得撒手，所以如果转身又在餐桌上大快朵颐，良心真的过不去。我不尝，是让自己内心保持对它们的爱吧，下一次能坦然地面对它们，这是我自己的做事底线。

史料有记载，环江香猪从明代就开始饲养，也曾经是朝廷贡品。环江是典型的喀斯特地貌，山好水好，植物种类就有1000多种，独特的地理环境、优越的自然条件有利于香猪养殖，仿野生

放养、活动量大，抗病力、免疫力都强，这些都是香猪养殖的普遍优势那么小香猪“香”的秘密根源到底是什么呢？

除了品种优势，我们多次询问当地饲养的老乡，他们说出了养殖的“秘密武器”。他们在香猪小的时候，就会进到山里去采一些草药回来。比如薄荷、辣蓼、水姜、绞股蓝等，这些闻起来特别香的草药，是小香猪的最爱。再拌上饲料，小香猪就能吃的肚儿圆了。

这到底是不是香猪“香”的秘密武器呢？我们接着探究！

一头三个月大的小香猪一般才有20斤重，想要长到200来斤的成年香猪，需要两年左右，生长慢、生长周期长是环江香猪的特点。很多人以为香猪长不大，这是个误区，它们也能长成两百斤重的大个子，看看它们的妈妈就知道了，只是它们长得太慢了，我们通常看到的就是它们两三个月的样子。我以前住的一个小区里，经常看到一个姑娘牵着一头大胖猪散步，冬天了还给大胖猪披个棉被，一路走一路喂它，引得大家都驻足看稀奇，好拉风。城市里都是遛狗的，哪看过有遛猪的？聊天后才得知，在大胖猪小时候，贩子告诉她，这是特种小香猪长不大，放心养吧，永远十来斤重。姑娘受了“蛊惑”完全相信了，欢天喜地买来养了半年，发现小香猪居然

五六十斤了，而且越来越能吃，还有突破一百斤的趋势，姑娘这才知道上当受骗了。可是养出感情了，送人又怕被人吃掉，公寓里也养不下这个日渐肥硕的大香猪，这可怎么办呢？把姑娘愁的，言语中听出了无奈。我特别能理解姑娘的尴尬，如果小香猪永远长不大，我也想养呢！

在几次拍摄环江香猪中，我们试图从科学的角度来解释香猪“香”的根源所在。幸运的是，我们当时采访了中国科学院亚热带农业生态研究所畜禽健康养殖研究中心的孔祥峰博士，他说，因为香猪是小型品种，它是近交系形成的，近亲繁殖，所以遗传基因稳定，有活泼、耐粗饲等特点，它们经常采食广西本地的绞股蓝、百花菜、杂交构树等草药，而这些草药里面的微量元素如钙、磷、硒的含量高，这和香猪的香味有一定关系，长期吃带香味的草药，导致香猪肉里面的风味物质比较多，这些风味物质是形成肉的香味的主要来源；另外香猪是地方型猪种，虽然体型小，但是它的肌内脂肪比较多，肌内脂肪在烹炒的过程中就会形成风味物质，这就是香猪肉味道鲜美的秘密吧！

看看，香猪“香”的秘密，除了常年吃带香味的草药，还和生长周期长、肌内脂肪多等特性都有关系。怎么样？世界真奇妙，我们永远都在探寻未知的路上，多好！

“小美丽”是只小黑熊

第一次见到小美丽的时候是在马戏团演出的后院，刚演出完，它正在休息，瘦瘦小小的，也就一米多高，听韦怀彪师傅说它才三岁，全身黑色，脖子下面一圈月牙形的白色毛发，应该是亚洲月熊。

我深谙被小动物喜欢的秘诀，来之前就给它买了好吃的，有饮料、甜点和大苹果。黑熊爱吃甜食众所周知，它表演太辛苦了，准备犒劳一下它。我刚把冰糖雪梨的瓶盖拧开，准备往它嘴里倒，它就拿过去抱着大口喝起来，一口气喝了个底朝天。我又把威化巧克力棒塞到它嘴里，它大口地吃着，像个贪吃的小孩。摸它的时候，粗粗的毛发感觉很硬，有点扎手。

韦师傅会用馒头和一根指引棍来训练它。马戏团一般都会选择雌性动物来驯养，它们乖巧听话、不容易攻击人类。小美丽在韦师傅的指引下，爬上了双杠，在上面直立行走起来，然后又用两个前肢架在双杠上，后肢悬空，一点一点往前挪，就像一个受过训练的小孩一样灵活。它还能在双杠上翻跟头，连翻好几个，不会掉下来。肉乎乎、毛茸茸的小身躯惹人喜爱。韦师傅还让小美丽四仰八叉地躺下，拿出一根胳膊粗的木棒，小美丽就用四只熊掌把木棒转起来，就像孙悟空耍金箍棒，木棒耍得虎虎生风。

不要以为小黑熊都会这么聪明听话，小

美丽可是韦师傅在它一个月大的时候就抱过来的，天天一起吃，一起睡，形影不离，感情深厚，就像一家人。看到韦师傅和小美丽互动得那么好，我很羡慕，心里痒痒的，也想和小美丽一起快乐玩耍，但是又担心它视我为空气，不听我使唤。征得韦师傅的同意，我牵着小美丽，来到一排10厘米高的铁栅栏前，另一只手用指引棍向它示意方向，嘴里大声说着“走走走”。小美丽好像听明白了，一下子跳过低矮的铁栅栏，向着我指引的方向走去，我一边鼓励它，一边继续喊口令“走走走”，小美丽一口气连续跃过了4个小栅栏，好棒的小家伙！谁以后再说“笨熊笨熊”的我就跟他急，我们是憨，但是一点也不笨。一颗灵巧娇憨的心隐藏在魁梧笨拙的身躯下罢了。我赶紧奖励它大白馒头，小美丽很爱吃。离近了我才发现，小美丽的嘴里一颗牙也没有。马戏团怕它攻击人，在它小时候就拔掉了它的牙齿，我很心疼，虽然有了一生稳定的饭票，基本的生活可以保障，可是没有了自由，而且很多时候都在直立行走，这对熊的骨骼肯定是不好的。大白馒头在小美丽眼里就是美味，它津津有味地嚼着，表演起来似乎更加有了动力。

除了小黑熊，马戏团里还有小猴子、小羊、大老虎，各位“小演员们”都尽职尽责、任劳任怨地完成表演，比如山羊背猴子走钢丝等。我也斗胆在韦师傅的保护下，

生平第一次摸了大老虎的尾部，颤抖的小心脏，哎哟，那叫一个害怕和刺激。

安徽的临泉县是个人口大县，有200多万人口，因为人口众多、土地资源有限，所以这里的老百姓自古都喜欢往外走，求生存、谋发展。两万多人组成了1000多个杂技队，都耍杂技，而且都以大篷车、杂技团的方式散布在祖国的各个角落，也像迁徙的候鸟，夏季天热就往北方如黑龙江的佳木斯等地去演出，冬季天冷就往南方走，到了春节前后就回到家乡，歇歇脚，酝酿第二年的行程。所以在临泉，平日里的杂技村像耿庄、彭小庙、韦小庄等村子都是空的，村民都在全国各地演出，只有过年的时候才有人气，漂泊在外的杂技人都回来了，车水马龙，热闹非凡。

临泉游走在外面的杂技车队也叫“流动的大篷车队”，他们一般都是一家一个车，由卡车改装成的，衣食住行都在上面，十家八家人组成一个车队，互相有个照应，遇到突发情况还可以一起抱团面对。白天分头去到一些社区、公园演出，晚上回来聚集在一起。海狸鼠、鸽子、小狗、蟒蛇、骆驼都是这些杂技车队带着一起演出的小演员，就像一个小小的动物园，都是为了吸引更多的观众。这些民间艺人们常年风餐露宿，四处漂泊，但是对于他们来说，外面世界的精彩吸引着他们，在老家的村子里待着，还会闲出病来。如果一个地方演出效果好，收入好，车队会把这个消息告诉另一个车队，另一个车队也可以再过来演出，这样也能有可观的经济效益。很多杂技人都是从小学艺，可以说是在大篷车队里长大，我们随机采访了一个二十出头的姑娘，叫韦喜文，她出来七年了，我问她：想不想家？她说：不想，家里面没什么人了。我又问：爸爸妈妈呢？她说：妈妈不在了，爸爸出去打工了，我是姥姥姥爷照顾长大的。我说：你用自己的辛苦劳动去回馈家人，能照顾到姥姥和姥爷。她就点头，姑娘的才艺是高空走钢丝，还是有些危险的。我说：能养活他们吗？她骄傲地说：能！我说：也挺满足的吧。她就哭了，我也哭了，哭她也哭我自己。我特别感同身受，她这些年在外漂泊，肯定有太多的辛酸和委屈，别的小朋友还在爸妈的呵护下撒娇，而她弱小的身躯却要扛起生活的重担和责任，没有肩膀可以依靠，谁知道多少次曾经小小的她，会梦到已不在人世的妈妈，泪湿枕畔……醒来擦干眼泪还要继续演出。我们每一个在外打拼的人谁又不是这样呢？不管夜晚多么脆弱无助，第二天太阳升起的时候，依旧能量满满地告诉自己：今天又是崭新的一天！

节目是2014年的4月拍摄的，名字叫《快乐学艺记》，2015年春节前，我们再次去临泉县拍摄了这些杂技艺人，小美丽也随着过年的车队回到了家乡，因为韦师傅他们要过春节，所以不用演出了，辛苦了一年，天天连轴表演，小美丽也可以好好睡几个懒觉了。我们再次看到它时，

小美丽更圆润了，状态有点松懈，此刻的它只需要好好做一只熊就可以了，不用工作，直接躺平。

距离拍摄的这两期节目快十年了，小美丽的憨态可掬历历在目，如今的它还走南闯北随马戏团一起演出吗？算起来它也有十多岁了，应该是“中年少女”了。牵挂中，我联系上了马戏团的韦师傅，他很热情地说，小美丽还在演出，就是腿脚没有以前灵活了，可能是岁数大的原因。还发来了照片，就是最后这一张，“小美丽”出落成“大美丽”了，毛发乌黑锃亮，个子也长高了，胖了，成熟了不少。看到小美丽状态还不错，我很欣慰，其实也担心过它，但韦师傅他们还挺有爱心的，对待小美丽就像家人，把它照顾得干净漂亮匀称，我觉得不仅仅是因为小美丽能为他们挣钱吧。时间久了，他们互相有了深厚的感情，习惯了彼此的陪伴和付出，成为密不可分的一家人了。

千度高温淬炼传奇

我们接下来说的这种传奇手艺先从一把木勺说起，因为这把木勺很重要。

2017年8月在河北的蔚县，民间手艺人王德拿出来一块木头，这块普通到毫不起眼的木头，在他眼里却是宝贝。这是块柳木，能做成木勺，但用它来对抗1600摄氏度的铁水，那还不得烧焦、烧烂？这里面到底蕴含着什么秘密？王德说，这就是它神奇的地方。做好的木勺要在水里泡上四五天，再烤干，要不然遇火会爆掉。虽说柳木本身就性阴耐火，但是能否对抗1000多摄氏度的铁水，我还是表示怀疑，也没能找到科学的解释，聪明的您，知道这背后的缘由吗？

民间手艺人师傅们将买来的废铁砸成小块，和焦炭、煤粉一起放在一个大铁炉里融化掉。大铁炉有六七十斤重，再加上铁水就有百十来斤了。站在我旁边的这个“铁塔”小伙有230多斤，这每一两肉都不白长，越有力越健壮越好。

说了半天，有很多朋友好奇，这到底是啥活动？一会儿木勺一会儿铁炉的，还来了壮汉。您猜呢？？？

万事俱备，只差夜幕降临了！小伙儿说，每次活动一开始就特别有成就感，虽然很危险，但是很兴奋！这“铁塔”小伙儿穿上一件羊皮袄，我们拍摄节目的时候是8月，夏日炎炎，还不捂出痱子来了！小伙说，羊皮袄遇火星不会往里渗，顺着羊毛就流下去了，小伙胳膊上还有烫伤的疤痕，脚上也有老伤，真是伤痕累累！别看小伙子五大三粗的，说话的时候，眼里却有光。他说：我爱它，要把它传承下去！我听得也挺感动的。天色慢慢暗下来，鼓风机开始运转，火苗在火炉里飞蹿，添炭加铁，我们期待的金灿灿铁水出炉了，而这时木勺也派上了大用场。勇士们把金色的铁水倒进铁桶，然后抬着它，气宇轩昂地走到城墙下，一场视觉盛宴就要开始了！“铁塔”小伙儿穿着羊皮袄，戴着草帽，手里拿着木勺，从红彤彤的铁桶里舀出铁水，朝城墙的方向抡过去，这时铁水撞击在城墙上，刹那间铁花炸裂开来，像岩浆迸裂，又像跳跃的火舌，更像金色的流星雨，铺天盖地，震撼着每一位在场观众！现场蔚为壮观，真的难以用言语形容！我觉得用“人间奇观”来形容一点也不为过。我们在现场拍摄，又激动又害怕，激动兴奋就不用多说，真的很害怕炸裂的铁花烧着我们的机器。

为了取得好的拍摄效果，我们离“铁塔”小伙儿很近，火星也不时地飞向我、摄像师和机器，烫伤啥的也顾不上了，不关机不躲避，是我们的职业态度。我们经受的考验真不算什么，这“打树花”的汉子才是蔚县人眼中真正顶天立地的男人！在漫天的铁花中，冒着1000多摄氏度烫伤的危险，仅仅靠着羊皮袄、草帽、木勺，就挥洒铁水于天地之间，像征战沙场的勇士，把力量和技巧、胆识和勇气，都化作漫天的树花弥散在夜空中，真的是“千度高温淬炼人间传奇”！

“打树花”在蔚县有500多年的历史。据说过去蔚县有好多铁匠作坊，过年的时候，富人们燃放烟花庆祝，但是铁匠们穷，买不起烟花，就从打铁时四溅的铁花中得到灵感，把熔化的铁水泼洒到城墙上，没想到铁花比烟花毫不逊色。到现在，蔚县古老的城墙上还留有打树花的斑驳印记。古蔚县有着3000多年的历史，它北接塞北，南进中原，关隘险要，是兵家屯兵用武之地，为了生存，智慧的蔚县人选择了在能防御洪水的高地上建古堡，不光能防水患和沙尘暴的侵袭，而且险要的地势能防匪盗，抵御入侵者。用黄土和砖块垒砌的高墙壁垒，现

存的200多座古堡，是蔚县一大特色景观。在古堡里，人们劳作生息，演绎着生生不息的人生故事。

和蔚县的“打树花”一样闻名遐迩的，还有一样经高温淬炼的传奇技艺，那就是蔚县青砂器。据说在明代，皇宫里就曾经用蔚县的青砂壶熬中药。

蔚县青砂器以当地特有的坩子土为原料，再用轮盘、木板锤、雕刀等工具，经过选料、制坯、上釉烧制等工序。这些都是精细活。而接下来的烧窑就很紧张、刺激。

在傍晚六七点钟的时候，师傅用干草引火，用炭把窑烧热，总共五座像大锅盖一样的窑一字排开，都要烧热，火光熊熊，很是壮观。远看这些窑像一个倒扣的大锅，每座窑里面一次能放进十个壶坯，放匀了，彼此还不能挨着，挨着烧出来后容易变形。每个窑还有洞，不时有火苗窜出来。这时天色慢慢暗下来，每座窑都被火苗包围着，红彤彤的，很好看。火一定要旺，火焰烧到一米高，温度到达1400多摄氏度，这样烧制出来的青砂器才不容易碎，喝茶煮汤，味道醇厚。

到了晚上八点左右，天色完全黑下来，这时的窑火更旺了，红透了整个院子，很壮观。而这时，惊心动魄的时刻就要到了，青砂器烧制技艺传承人王龙磊全副武装：身披麻袋片一样的衣服，头戴尖顶草帽，手拿铁棍。在我们看来这样的简陋装备是无法抵御高温的。可是他说这是老辈留下来的，爷爷、太爷爷都穿，穿上它心里就觉得踏实，也许是一种心理上的抚慰和安全感吧。只见小王用铁棍插入笼盖的盖眼里，迅速把笼盖挑起来，这时我们发现笼盖内面已经烧得通红，而放置在里面的壶坯也已经烧得发红发亮。小王要以最快的速度，把烧红的十个砂壶一次性挑出来放置一边，晾一段时间，这样才能算烧制成功。

突然，意外发生了！在小王准备挑起第二个窑的笼盖的时候，没稳住，笼盖一下子倒了，要知道这可是1000多摄氏度的笼盖，如果倒在人身上、腿上，可是会烫伤致残！看到笼盖没有挑起来，歪倒在一边，小王还在奋力用铁棍顶着，我吓得叫了出来，临危不惧的小王死死地撑着笼盖，稳住不动，为来搭把手的师傅赢得了时间！另外一位师傅眼疾手快，赶紧前来营救，也帮忙顶着笼盖，可能是笼盖太烫太重，最终还是倒在了砂壶上。小王不放弃，尝试再次挑起笼盖，我吓得大气不敢出，千万不要再出意外了，心都提到嗓子眼了！站在3米之外都能感觉到火势的毒辣！终于小王和师傅齐心协力稳住了笼盖，小王再次一鼓作气把笼盖挑出来，放一边，再把青砂壶挑出来晾着。

后来我才知道，这一窑十个左右的砂壶，不过几百元，但却是手艺人的心血，他们是用生命在守护！而当小王和师傅把通红透亮的砂壶挑出来的时候，在夜色里，它们是那么耀眼，寄托了一家五代人的执着和信念！

到现在我家壁柜里，还放着一套淡黄色的青砂茶壶和茶碗，它们并不精细光滑，甚至说还是粗糙的，摸上去有很明显的颗粒感，但是我觉得很古朴有韵味，这种粗制茶碗，让我觉得有岁月磨砺的痕迹，还有布衣饮茶、归园田居的纯粹。在众多过于精雕细琢的茶具里，那么独树一帜、厚朴真实。看到它，我就想起了红彤彤的窑火苗和用生命捍卫青砂器的手艺人，永远也不会忘记那惊心动魄的一幕！

景德镇的捡漏故事

对于爱好艺术品收藏的朋友来说，捡漏是梦想，求之不得的事儿，谁不愿意用最小的代价换取最大的收获呢？不过，除了幸运之神的眷顾，这里面还有捡漏人的超凡眼光和智慧。

我们2011年拍摄的一期节目——《瓷都里的新鲜事》，讲述了于大师捡漏的故事。捡漏的主人公于大师到底是谁？我们先按下不表，先来说说他到底捡了什么漏？一见面，于大师就带我们来到了他的藏室。弯腰找了一阵，他拿出一个报纸包好的物件。于大师说，这个宝贝有五年没给人看过了。层层包装纸打开以后，我们看到的是一幅古香古色的瓷板画！这是珠山八友排名第一的王琦老师的作品，有100多年的历史了！可能有人要问了，珠山八友是谁？简单来说，就是100多年前景德镇八位顶级的瓷板画高手，他们开创了瓷板画一个时代的高峰，后人很难超越。因为传世的作品很少，一直是收藏界的热点，而王琦又是这八个人中的领军人物，所以您想想他的作品得有多值钱！于大师手里拿的这幅是王琦的《和合二仙》，重工粉彩，相当精致！从二仙的头发丝到法令纹都生动鲜活，极具艺术价值！十多年前这样的作品市场价都是五六十万，更何况十多年后的今天，而这样一幅珍贵的瓷板画却是于大师拿20斤盐换来的，你说气人不？真的是艳羡！20世纪90年代的盐，按一斤一角钱算，20斤盐也就两块钱，用两元钱换来了价值好几十万倍的艺术品，这不就是捡了大漏了！

话说90年代初，一天于大师来到江西婺源旅游，为了看秘境风光，于大师跋山涉水走了30里地，足足走了4个小时的山路，来到了婺源的一个美丽村庄，偶然听说一个老乡家有瓷板画，于大师几次恳请终于如愿

见到，虽说这幅又旧又老的瓷板画毫不起眼，但是经过仔细辨认，于集华喜出望外，这就是赫赫有名的珠山八友之一王琦的作品。可是这么好的东西老乡会卖吗？于大师思绪良久，决定出价2000元钱买下这幅作品。2000元钱在那个人均月工资几十块钱的年代真算是一笔不小的数目了！而且这位老乡还是住在偏远的小山村，对他来说就是一笔巨款！可是老乡说什么也不肯卖，没有见钱眼开，为金钱所动，也没提出加价，反而提出了一个让人匪夷所思的要求，他说你如果真心买，诚心要，下次你带20斤盐来！

于大师故事讲到这儿，我们也很好奇，为什么放着丰厚的2000元钱不收，反而要只值2元钱的盐呢？于大师说，淳朴厚道的老乡觉得这么小的一个旧东西不值2000元钱，他有点于心不忍，而且住在深山里也不太用钱，老乡觉得2000元钱太多了，不好收。民以食为天，而盐是必备的，天天都要吃的。老乡说，自己下山比较困难，交通不是很方便，就让于大师从山下给他带盐过来。于大师很快从山下带了20斤盐，老乡也履行承诺把这件宝贝转送给了于大师。

相信很多朋友看到这，羡慕得都要抓狂了吧？我们怎么没有碰到这么美的“天上掉馅饼”的事情呢？话又说回来，就算我们看到了这样一幅老旧的瓷板画，也未必能有发现它价值的眼光，判断出这是珠山八友之一的大师的作品啊！没准在大多数人眼中它就是废品一件！所以捡漏捡的不是漏，而是检验你眼光的专业度和犀利度！

当时在景德镇我们也有幸采访到了著名的收藏家马未都先生，他说：我们现在这个社会，很容易把收藏变成一个功利行为，就是说我买了这个东西，它涨了多少钱，这对个人来说重要吗？重要，但是它不是最重要的，最重要的一定是文化，这种文化投资是终身受益，所谓终身受益的好处，是文化给你的给养是快乐的，伴随你一生，而钱财给你的快乐是短暂的。

现在我可以揭开谜底，告诉您这个捡漏的幸运儿是谁了，就是当时的景德镇陶瓷美术家协会主席，景德镇的国家级工艺美术大师于集华。于集华大师的荷花瓷版画和花瓶气韵生动、意境悠远，作品多次被当作珍贵国礼赠送给外国元首、外长和贵宾。

他的茶存了半个多世纪

我喜欢喝奶茶、咖啡，生活喜忧参半；我愿意给生活加点糖，人的一生就是哄自己开心的一生，有理想就去努力，有愿望就去实现，哪怕最终没能得偿所愿；有喜欢的人就去处，哪怕最终受伤害而分开……人生哪能多如意，万事只求半称心，失之东隅收之桑榆。生活本来就微苦，喝了茶，苦上加苦，这不是我想要的，所以这也是我不爱喝茶的原因。但是拍摄节目不能完全依照个人喜好，要遵循观众的喜好，甚至是去引导观众的喜好。我发现爱喝茶的朋友很多，我也需要做茶的节目去吸引他们，走进观众的内心。

2015年3月在拍摄《普洱之乡探茶》这期节目的时候，我认识了一位老人家，鹤发童颜，一身白衫，真的像山里走出来的老神仙。他叫李韵德，当时快70岁了，是国家级非物质文化遗产项目——普洱茶制作技艺（贡茶制作技艺）代表性传承人。

第一次见面，老人家就非常热情，在他不大的家里转来转去，说非要请我们品尝他珍藏了50多年的普洱茶，那是他的传家宝。他翻箱倒柜忙碌得不可开交，先是挪开了老茶几，又掏出了钥匙挨个试着开锁，所以我就问他，是不是很久没打开这个老柜子了，也轻易不给别人看，他说是的。我们就更加小心翼翼，生怕碰坏他的这些老古董。

木柜门一打开，我们发现老人家的宝贝都是在一些坛坛罐罐里面藏着。只见他很小心地拿出一个陈旧的白布袋，有些泛黄，我发现布袋有几个地方都破了，不知是不是老鼠咬的，也不好意思问。老人家说布袋里的茶叶是1957年的，那时候老人家才十一二岁。我就好奇地问，为什么这些茶叶当时存放下来，一直没舍得喝呢？他说，喝了一些，没喝完，他父亲说留着做陈茶，陈茶也可以做药。

李老师一家五代都在做茶，也是普洱茶制作的世家了。我问他，这个茶叶当时多少钱一斤？他说七八角钱一斤，那经过60多年的传承，现在值多少钱了呢？李老师说，有人来买过，出价12万元一公斤，他也没有卖！他说这是皇家茶园困鹿山里最古老的茶叶了，谁如果再说有更古老的茶叶，那就是冒充了。老人家说自己几乎很少把这些宝贝老茶拿给人看，我们这次摄制组能看到真的荣幸。

李老师的白胡子里长满了故事，这半个多世纪的老茶也满是故事。因为我自己喝茶少，所以无法感同身受李老师对老茶的热爱之情。民间有说法，普洱茶越陈越贵，就像古董一样，越老越值钱。这茶能保存半个多世纪不坏，而且还能忍住不喝，我敬佩李老师的自律。如果是我，真的会时不时地拿出来闻一闻，尝上一点，以解深爱之情，套用一句流行的话：享受当下。年轻人喜欢一样东西，就是要现在、马上拥有，所以对于保存了半个世纪的陈年普洱，很多人是不相信的，因为他们不相信人能自我约束半个世纪，纯粹为了存茶而做到不喝。李老师说保存也是有技巧的，受温度、湿度、环境的影响，储存陈年普洱茶不能密封，要让茶和空气接触、氧化，这样才能保持老茶的口感。

为了不让我们失望，李老师捏了点这60多年的陈普，冲泡给我们几位来访者喝。如果说茶汤的颜色像红玛瑙，您信吗？我闻了半天，都舍不得下口。旁边两位当地宣传部门的老师抿了抿，说，是一股人参的陈香的味道。我却觉得有很重的土腥味，但是话到嘴边我又咽了回去，千万不能扫老人家的兴啊。我就说，闻着一股岁月的味道。李老师说，好喝！他说喝着再抿一抿，舌尖的味蕾细胞才能感觉到这个味道，咽下去，相当有回味。我说，相当有意境，相当悠长。老人家就觉得遇到了知音。其实我品茶很少，但是直觉告诉我，这土腥味的普洱茶恐怕这辈子只能喝到这一次了，所以这味道我永远记住了，虽说不香甜，但是够特别。

我们做记者，很多时候要做一个好的聆听者和沟通者，不是左右逢源、巧舌如簧，世故圆滑，而是真的要有同理心和共情力，面对我们的被拍摄者，需要我们去感受他们的感受。我想当时我做到了，得到了李老师的认可。从那以后，我们保持了十多年的“忘年交”的友情，他对我像对自家闺女一样，李老师每年都会寄一些从古茶树上新采摘的普洱春茶和不同年份的老茶给我，我都转送给朋友、老师，比如某位亚美尼亚驻华大使，他也说好喝。我觉得李老师之所以如此宝贝这半个多世纪的陈年普洱，主要是每次看到这个茶，就想到了当年懵懂少年的自己跟随父亲，口传心授学习做茶膏的青葱岁月，所以这茶里有父亲的味道，有他抹不去的对父亲的浓浓怀念吧……

为了让更多的朋友学会品不同品相的普洱茶，我们也做了个体验游戏环节。冲泡了6杯不同价格的普洱茶，让现场的观众茶友和当地宣传部门白老师品尝，然后猜哪一杯是价格最贵的普洱茶？

我做事很多时候凭直觉，比较感性。也没有提前预设答案，开机拍摄了就开始品尝，要把最直接的感受告诉观众。我挨个品完之后，拿起了一杯淡黄绿色茶汤的普洱茶，我觉得它很苦，不过虽然苦，但是有回甘，就预感它比较贵，应该是千年古茶树的茶吧，我给出了自己的答案。茶友白老师品完说，他觉得他那杯最贵，闻着很香，茶汤的颜色更清淡一些。这6杯普洱茶有淡绿色的，有金黄色的。旁边的普洱茶制作技艺第八代传人李兴昌老师仔细评判后，指出，我选的那杯应该是最贵的，哇！当时我就欢呼雀跃了！大叫：我猜对了！一个从不喝茶的人，还能有品茶的潜力，好骄傲！

李老师说，品茶的感觉更多的是可意会不可言传，不能说价格最贵的就一定是最好的，个人的喜好品味最重要。但总的来说，好的普洱茶回味悠长，苦后回甘，醇厚弥香。好茶真的是有谜之味道的，刚喝进去的时候确实很苦，但是再过几秒钟，慢慢在口腔散发开的时候，就有一点回甘了，比普通的茶回味悠长。李老师说，“树有多高，根就有多深”，古茶树扎下去的根比较深，生长周期更长，所以内含物质更丰富一些，耐泡度更强，茶的汤色也会更深一些，都是上万元一斤的茶叶。而一般色泽漂亮浅淡、芽头肥壮的茶叶，说明它水肥比较充足，都是基地新采摘的茶叶，几百元一斤。

普洱茶作为云南大叶种晒青茶，生长在雨水充足、云雾弥漫、土地肥沃无污染的高山上，明代茶马市场在云南兴起，宁洱县作为曾经的古普洱府，产优质普洱茶的历史由来已久。

和普洱茶的茶饼有异曲同工之妙的，还有陕西泾阳茯茶小镇的茶砖。当地泾阳砖茶制作技艺传承人贾根社老师跟我一见面，就给我来了个“下马威”，出了个难题，他说如果能把一个铁桶里的茶装进这个牛皮纸袋，就算我厉害。我说，这有什么难的！铁桶里的是安化黑茶，这个时候还冒着热气，刚炒出来的，我一边装一边使劲按瓷实了，快装满的时候才发现，铁

桶里还有五分之四的茶叶没装呢，可是牛皮纸袋子都快撑破了！我就问贾老师，这铁筒里到底有多少斤茶叶？他说：6斤！我说，6斤茶叶装进这个小牛皮纸袋怎么可能？他说，我能装进去！你信不信？反正我是不信！只见他找来一个制作砖茶的模具，把牛皮纸袋放进模具凹槽，完全契合，盖上，然后倒进黑茶，再拿一个30多斤重的大铁锤，一边捣紧实，一边让人放茶进去，不一会儿这6斤的茶叶还真装进了小小的模具，再把模具打开，只见一块牛皮纸包裹的茶砖方方正正的，热乎乎，湿乎乎，还有茶汁往外溢，真让人开了眼！

原来这就是传统制作茯砖茶的手艺。炒茶师傅称上6斤左右的安化黑茶，倒进烧热的铁锅里，再舀上茶汁拌匀，趁着腾腾热气不停翻炒，等到茶叶变软，倒进模具，把散茶压紧，就成为美观、性价比高的茯砖茶了。再码起来，陈化一年以后，这茯茶就可以喝了。

2015年，在拍摄《泾河畔的茯茶镇》这期节目时，我们有幸采访到了西北大学哲学与社会学学院教授李刚先生，他说起茯茶的历史如数家珍。原来历史上在陕西等区域有大量的少数民族，比如蒙古族、藏族，他们生活的蒙古高原、青藏高原非常寒冷，要抵御外界的寒冷，就要大量摄取高脂肪食物，吃牛羊肉、奶酪等，这就产生了消化的问题。要解决这个问题，就要大量饮用茶叶。可当时西部地区少数民族对茶叶的需求量在4000万斤以上，其中就有3000万斤的缺口，当时陕西没有那么多的茶叶，所以明代中期陕西人就到了湖南的安化，把湖南安化的茶原料运回陕西，在泾阳进行加工，加工成了泾阳砖茶。这就是现在我们喝到的茯砖茶的由来。明代文学家汤显祖在《茶马》中写道：黑茶一何美，羌马一何殊。这就描绘了那个年代繁荣的茶马交易。陕西商人跨越万水千山，少则几天，多则数月，把这三伏天炮制，又有着土茯苓香味的茶砖送到牧民的手中。

为了让观众切实感受到茯砖茶的高性价比，我还在现场变了个“小魔术”：我手里拿了一个最小的只有巴掌大的二两重的小砖茶，可我一说“变！”一个重达168斤的庞然大物——巨型砖茶就赫然出现在屏幕上，这二两和168斤相差巨大，视觉冲击力还是挺强的！到底是怎么变的呢？其实这个时候我们就用了同机位拍摄的方法，我手里拿着小砖茶先拍摄，说完了“变”之后我人不动，摄像机也不动，然后赶紧让周围的群众把巨型砖茶这个庞然大物搬过来，都放好之后，我再接着往下录节目。经过剪辑，就成了节目里的变魔术环节了，很好玩，这样的设计很有创意，能吸引更多的观众驻足观看。

贾老师介绍，这块比门板还宽大的茶砖是目前最大的茶砖了，可谓泾阳获砖茶的天下第一砖！需要两个壮汉才能抬得动。我就好奇，在过去的那个年代，茶马古道上，这么大的茶砖能不能换一匹宝马呢？贾老师说，过去是一块砖茶五斤六两，五块砖茶就能换一匹马，这168斤的大茶砖能换足足六匹宝马呢！厉害吧！拿茶刀切开茯砖茶，里面会有一些金黄色的小颗粒，千万不要以为它是发霉了，这可是好品质茯砖茶的标志，当地人叫它“金花”，学名“冠突散囊菌”，是一种真菌，含有该菌的茶饮拥有人体所需要的多种氨基酸、纤维酶以及丰富的微量元素，冠突散囊菌具有提高免疫力，调节肠道菌群与降血脂等生物活性，对人体大有裨益。压好的茯砖茶风干发酵，在合适的温度、湿度下，10天左右长出金花，这“金花”长得多不多好不好，可直接决定茯砖茶的品相。在明代，近百家茶号，上万人制茶，使整个泾阳城都弥漫着茯茶的芳香。驼队络绎不绝，陕西商帮也因此声名远播。

想要喝到好的茯茶，还得过三关：第一关是水，必须是纯净水，普通的没有过滤的水煮出来的茯茶不好喝，折茶味。第二关是用铜壶来煮茯茶，这样才能煮出醇厚绵长的茯茶。第三关就是茶量，十多斤的水配二两多茯茶，放多了会很苦，放少了肯定就淡了。茯砖茶特别硬实，像砖头一样，大小伙子拿手掰都根本掰不开。只能用工具，一把小茶刀，用力一撬就开了。对于老关中人来说，“一日无茶则滞，两日无茶则痛，三日无茶则病”，宁可三日无粮，不可一日无茶，老陕们都是早上起来先喝口茶。煮茶得滚三滚，这样才好喝。滚过三滚的茯茶颜色像琥珀，很漂亮，喝了解油腻、助消化、消炎解暑，配上几碟花生米、瓜子、果干等小吃，再听上几曲秦腔，这日子得赛神仙了吧……

慧眼看玛瑙

和前面捡漏《和合二仙》瓷板画的故事一样，这玛瑙也有捡漏的，就是俗话说的“一刀穷，一刀富”，“赌”的成分更大。爱收藏玉器宝石的朋友很多都爱赌石，因为结果未知，有挑战、有风险，很刺激。一个价值三五十万的玛瑙带皮石头，在买家和卖家眼里价值会不一样，他们在现场都会进行心理博弈。2015年夏天，我们在辽宁省阜新县十家子镇采访拍摄，这里正在进行一场赌石的较量。卖家是一位玛瑙收藏的行家，辽宁省玛瑙雕刻技艺的传承人吕刚，收藏的玛瑙原石和艺术品太多了，都价值不菲。他把自己的三块玛瑙原石出售，从卖相上，我们外行是看不出什么的，

一块粗陋的石头疙瘩，外皮偶尔露出一点红，还没有一种科学方法仅从外观上就能有效测定矿石含的种类、成色、大小等，所以当地仍延续着传统的赌石。一刀下去可能血本无归，一刀下去也有可能价值连城。所以赌的就是买家的眼光和运气。买家在看石头之前，都要喷点水，这样能看得更清楚，有的石头越大，里面含的净料（俗称“肉”）越多，有的反之。听吕老师说，他买过一块200多斤的毛料，也就二十万买下的，但是打开以后，里面的玛瑙成色好，是战国红，红黄丝缠绕，加工成工艺品能卖上千万，50倍的升值，

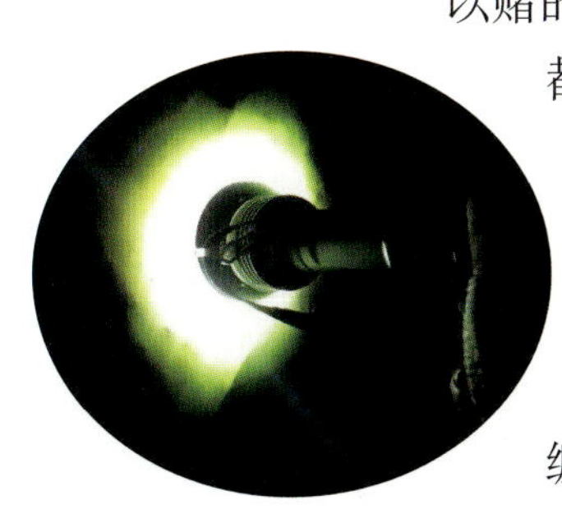

厉害吧！这就是赌成功了。那么怎么能最大可能的赌石成功呢？还是得有一双慧眼和身经百战。比如看毛料石的“点”，也就是净料暴露出来的“点”越多，说明里面红玛瑙的含量越多，最好是这些点能连成线，就能“一刀富”了。买方和卖方会有一个价格拉锯战，讨价还价挺长时间，一直到双方都满意为止。心诚的就直接拿着现金过来，几十摞钞票往那一摆，卖家哪有不动心的，往往都咬牙让价，买卖就成交了。

这次买家拿了12万的订金，吕老师毕竟是玛瑙行家，对自己的料很笃定，30万是无论如何不能出手的，说40万才能出手，双方僵持了一会，最终以38万成交，估计买家心里当时也是很忐忑的，谁能十拿九稳地说这块料一定是好料呢？这也是下定决心赌上一把，豁出去了！谈成之后，双方就近找了台切割玛瑙石头的设备，现场进行小范围的切割。我当时都很紧张，替买方捏着一把汗，嫌师傅动作太慢。十几个人伸长脖子，踮起脚，都屏息凝神，目不转睛地盯着那块飞转齿轮下的石头。不一会儿，部分表皮被切割的石头放在了我们面前，看到红色玛瑙的部分越露越多，我们松了一口气，赌正了！买家虽然镇定，但是掩饰不住内心的喜悦，他说，现在基本上断定是：成了！这38万花得太值了，估计加工好以后，翻十倍的价格都不止！票友只能是羡慕嫉妒。但是您要知道这是无数次的失手，才换来现在的赌正了，大部分人是不敢放手一搏的，因为扛不住太多次的失败。

玛瑙是玉髓类矿物的一种，是一亿年前地下岩浆由于地壳运动形成的二氧化硅结晶，因古人见其颜色和花纹很像马的脑子，就比喻它是马脑变成的石头，

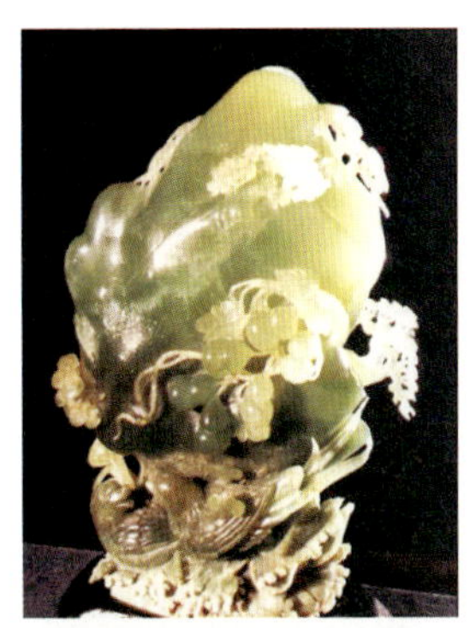

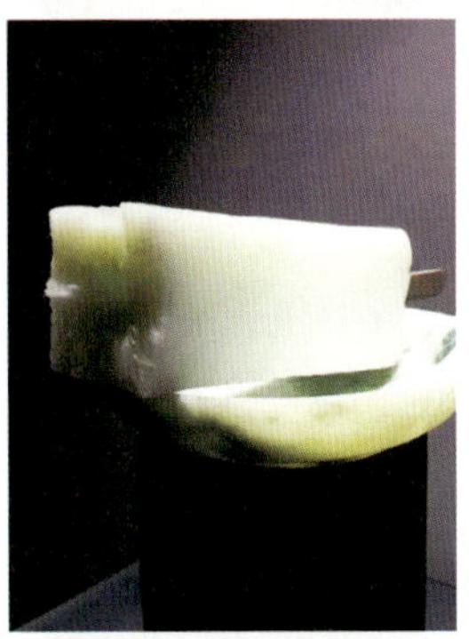

梵语称为阿斯玛加波，翻译过来就是玛瑙，它色彩艳丽，珍贵稀有，被认为是吉祥富贵的象征。阜新被称为“玛瑙之都”，这里有好几万加工户，年产值超十亿元，全国的60%玛瑙产量都出自这里，十家子镇也被称为“玛瑙第一镇”。喜欢淘宝的朋友也可以来逛一下，淘个小把件、小摆件都是轻轻松松，不过这边讲价的空间不大了，因为商户太多，内卷得厉害，利润空间不大，如果真心喜欢，价格浮动20%上下，一般都能淘到自己喜欢的那一款。

在十家子玛瑙城创始人王松的导览下，我们逛了早市大集，这里的商户有好几千家，每年有十吨以上的玛瑙外销。商户们常年在摊位风吹日晒，但是因为是大集，客流量大，人气旺，所以每天的销售额都还不错。为了给商户们创造更好的交易环境，王松斥资在2015年创建了国际玛瑙宝石城，总共6层，一共8万多平方米，窗明几净的环境为东北和全国的玉石商们提供了稳定、安全、很有归属感的交易大后方。王松，我们采访他的时候他四十出头，一位非常热情、睿智、善解人意的青年创业者。当年为了梦想，他曾经孤身一人来到北京孤注一掷拜访一位举国瞩目的资深专家，邀请专家为他的事业代言，因为从未谋面，难度可想而知，但是王松怀着一颗赤诚之心，凭着永不放弃的执着硬是和这位专家成了忘年交，这在业内被传为佳话。虽然因为儿时的一次意外事故让他失去了左臂，但是他的性格里从来就没有抑郁的灰色存在。王总为人豪气仗义，而且极其聪明智慧。在有限的时间里，他还自学考了会计证、律师资格证，常年穿梭于北京、辽宁，

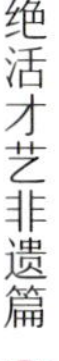

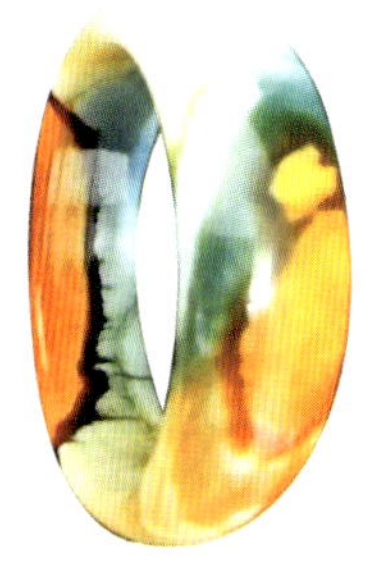

永远热血沸腾、生机勃勃，应了那句：愿你出走半生，归来仍是少年。

在十家子镇，玛瑙是个产业链，既有加工、销售、收藏，也有挖掘开采环节，这里是我国玛瑙产地之一。我们有幸采访一位家里有矿山的李大哥，来到他家承包的山头，看看玛瑙被开挖时到底是啥样的。不到一米高的矿洞，五六米深，点上一支蜡烛，就能探洞了。装备是不是过于简单了？如果不是这位李大哥告诉我们洞顶有玛瑙，我们根本不相信，在微弱烛光的映照下，我们才很勉强地从洞壁上看到一个小黑点，使劲看才能看出来是透明的石头，我就问大哥：得挖到什么程度才能看到这么小的一个黑点呢？他说得挖开两边的石头，这就是经验了，从石头里发现玛瑙线，也就是这个肉眼看到的小黑点，只要发现了玛瑙线就意味着可能会有块儿比较大的玛瑙。山头是自家的，手艺是祖传的，李大哥轻车熟路，用锤子、铁钎就开干了。其实整个挖掘的过程，李大哥心里也没底，在狭小的洞里蹲久了，人会缺氧，还会腰酸背痛，但是黑点变成黑块，暴露越来越多的时候，人挖得再累，也会有动力。不一会，李大哥就把敲下来的玛瑙石头给我们看，拿着这块粗糙不堪的毛料石，我不知该说什么好，普通人是根本辨别不出来的。李大哥说，这块是黑红色的玛瑙。把毛料拿到洞口，我们拿水一浇，黑色的底色，红色装饰的玛瑙原石就很清晰地呈现了出来。两斤重的毛料石，雕刻成小摆件可能卖上好几千元。李大哥所在的东仓土村就是20世纪90年代曾经挖出过300斤大玛瑙的地方，轰动一时。不过我们在这遍地是宝贝的荒地里站着，是啥也看不出来的，因为外行看到的就是碎石遍地，空旷荒芜。对于喜欢玛瑙饰品的朋友，我们也会分享一些鉴别小窍门，如果都为同色的玛瑙，比如蓝玛瑙，越透、越纯净越好，有杂质和纹路就不能算好品相了。光泽度、透明度、润度、雕工，都很重要。一般来说，真玛瑙质地硬，不会留下划痕，有自然条纹，而有气泡的就是人工炮制的假货。真玛瑙手感重，冬暖夏凉，颜色鲜亮，有层次感，在各色玛瑙中，红色最为珍贵，而在红玛瑙中，又以战国红价值最高，算是极品。民间有一句话：玛瑙无红一世穷。为什么这么说呢？得从玛瑙的形成说起，由于二氧化硅中含的色素离子不同，玛瑙的颜色也很丰富，有红、黄、蓝、灰、绿、紫等，十种都不止。拥有一串战国红玛瑙是很多玛瑙爱好者的梦想。战国红玛瑙开采于辽宁朝阳北票和河北宣化等地，以北票为极品料。战国红的原料越来越稀少，导致它的身价也倍增。它由黄、红组成，黄有明黄、土黄、田黄、鸡油黄等，红色也有鸡血红、鸽血红等，特别绚丽多姿，犹如火山喷发的微缩场景。战国红的身价尊贵就在于战国时期出土的文物中，这种红缟玛瑙是装饰在剑柄、珠串、环佩上，作为陪葬品，非常珍贵。这红黄缠丝明艳动人、通过光的折射，就像在游动的丝带，很梦幻灵动、雍容华贵，兼具收藏价值和审美的意趣。红色、黄色，可是说是国人骨子里酷爱的颜色了，也是国旗的主色，雍容华贵、彰显大国风范。

第一次潜海我被推下水

很多时候人如果不是被逼一把，就真的不知道自己的潜力有多大，我有一次没头脑地被人一推，稀里糊涂地掉进了海里，完成了终生难忘的潜海拍摄。

2013年5月，我们摄制组来到了广东惠州的巽寮湾拍摄《和海岛渔村的亲密接触》节目。这里靠着南海，是座非常美丽的海岛小城，在水下摄影还没有兴起的年代，我们的摄像只能在海船上拍摄，而我需要潜到海里。我是南方人，水性不错，坚持游泳健身12年了，每次游1000米，每周三次，无论春夏秋冬，严寒酷暑，在水里心灵能得到释放舒缓，游泳也成了我生命里不可分割的一部分，但是在游泳池里游和潜海真不是一回事。不过生性喜欢挑战各种不可能的我，又忐忑又激动，怎能放过这人生第一次！好在有教练在身边指导，试试就试试。

潜海服很重，有十多斤，蛙鞋、脚蹼，在海里前进就要靠这大脚掌来推动了。气瓶、呼吸调节器也得背上，四十多斤呢！一大瓶够在海里游一个半小时的。面镜能保护眼睛不被海水腐蚀，全副武装下来五六十斤，而我体重才八九十斤，站起来都费劲，更别说走路了。我话还没说完，教练就一个猛子扎到海里，看到船下一片茫茫的海水，我马上没有了刚开始的雄心壮志，腿有点软，教练已经露出了头，招呼我下来，看着海水，心里好没有安全感，声音也哆嗦起来，慌张地说我不敢。船上的两个老乡把我架着，我像个腿有病的人，站都站不住，带着哭腔说我不敢。平时那么天不怕地不怕的我，这次是真的害怕了，害怕神秘莫测的大海把小小的我吞噬了。感觉眼泪都要掉下来了，为什么要拍这样的节目，万一我掉进海里再也出不来怎么办？妈妈，我舍不得你……我还年轻，美好的生活还有太多没来得及体验，我不想死……我越想越害怕，后面的氧气瓶像一座大山一样压得我喘不过气来，旁边两位老乡让我把两只脚往前迈，这样更能接近船沿，我还是不敢，要不要改变主意？不拍了，一切还来得及，我都快哭出来了，觉得此刻的自己好无助、好无力，我怕自己和氧气瓶一起掉下去就再也起不来了。虽然他们安慰我说不会的，但是我还是焦虑万分，教练在水面说："你跳下来或者后仰，后仰是很安全的。"我背朝着大海，坐在船沿上，这个姿势让我更害怕了。无依无靠，我会身葬大海吗？我带着哭腔说，我真的不敢。我多么希望旁边有人说，毛毛，咱们别拍了。我是这期节目的导演，也是外景主持，我自己完全可以说不拍了的。就在这时，旁边的一个老乡可能嫌我太磨叽，下了狠心，一下子把我推了下去，我只觉得天旋地转，周围一片混沌，好像穿越进入了未来水世界，我是谁？我在哪？有一瞬的窒息，但过了几秒钟，我就浮出了海面，空气一下子清新起来，太神奇了！教练拉住我，我一下子觉得好温暖，有了安全感，我回到人类世界了！这时我睁开眼才看清楚周围的环境，我已经躺在大海的怀抱了。镜头感太强的我，牢记自己的使命，第一反应就是使劲朝摄像的方向挥手，真有一种哪怕此刻我失去生命也要完成这个镜头拍摄的大义凛然的豪气！教练在一旁鼓励我：不错，别动，我在你身后，你别动就行了。职业习惯让我无论发生了什么危险，都要把第一感受告诉镜头前的观众。被海水浸泡的我，大声朝摄像机喊着："好可怕，太吓人了，不过好在我真的战胜了自己，太棒了，我们就要去海里感受了，等着我们回来！"当我一口气说完这几句话的时候，一下子有了一种使命感，我的潜海是那

么有意义！战胜了恐惧和紧张，我又完成了一次人生的自我挑战！

没有水下摄影机，我就要把在海里看到的、感受到的一切告诉观众，在教练的带领下，我们在海里畅游，我觉得自己像一条美人鱼。很多叫不出名字的小鱼在我身边游来游去，就像动画片《海底总动员》里的场景，我就是那只可爱的多莉小鱼。看见一堆一堆的彩色石头，我一会儿摸摸石头，一会想伸手抓鱼，可是永远抓不着。因为刚下过雨，海水有些浑，要不还能再往下潜。海水压力太大，潜到六七米就明显感觉耳膜疼，潜一会儿就需要浮出海面呼吸一下。当我漂浮在海面的时候，教练托着我，我们对着镜头的方向交流起了感受。

记者：我们看到海里的石头了，是不是？

教练：珊瑚。

记者：那个是珊瑚？

教练：对！

记者：很漂亮

教练：蓝色的、绿色的都有。

记者：但是没有看见海胆，是不是？

教练：是！

记者：那我们再试一次好不好？

此时的我已经喜欢上潜海了，居然主动请缨再潜一次，教练欣然答应，我俩配合默契，一起围着珊瑚寻找寄生在上面的海胆，教练轻车熟路，一会儿的工夫就发现了一个，并抠了下来，我拿着战利品，我们再次浮出了海面，我又冲着镜头大声欢呼："我们看见漂亮的珊瑚了，还有海胆！看见没有，这是我们亲手抓的海胆！"此时的我漂浮在海面上，我索性摘下了呼吸面罩，是为了让观众更清晰地看到我的表情。我是那么激动和兴奋，教练在旁边说："你很棒！"可能教练也没有预料到，一个刚开始哭着说不敢潜海的女孩，转眼间却如鱼得水乐在其中，怎么会有如此大的转变？我也对自己这么矛盾的性格深感意外！所以人的潜能是需要被激发的！十年过去了，现在回想起来，感谢当时坐在船沿上的老乡，不是他那狠心地一推，我就失去了这次终生难忘的经历！就像当年来北京读书后又孤身奋斗，感谢远在家乡的爸爸妈妈，因为远隔千里，他们爱莫能助，我被逼无奈，咬紧牙关，独自扛过一次又一次的人生节点和难关。没有破釜沉舟，没有背水一战，哪来今天的破茧成蝶！

三九天在冰水里捕鱼也很快乐

2020年12月，在山东省聊城市的东阿县，零下十多摄氏度的天气，寒风刺骨，鱼塘结着厚厚的冰，我和老乡站在冰水里抡着铁锹在砸冰，要赶在两个小时之内把鱼塘的黄河鲤鱼捕捞上来，放进暂养池静养。春节马上就要到了，期待能卖个好价钱。

十八亩的鱼塘光砸冰就得砸一个多小时，十多位师傅 起砸，只有凿开冰面，才能下渔网。到底能捞上来多少鱼是不知道的，所以大家都很忐忑。虽然冷得牙齿直打战，但是一想到一会儿就要捕到大鱼，心里激动得怦怦跳，也不冷了！

下渔网要从三面拉网围拢，一边拉网，还得一边把破的冰块从水面清走，否则拉不动渔网，渔网也随时都有被冰碴刮破的危险。随着师傅们合力拉网，终于网越收越紧，慢慢地有鱼从水面跳跃出来，我也站到了渔网的中央，这时就感觉鱼儿们太欢实了，都在水里面乱撞，还撞到我的腿，它们太有活力了，有时候撞得我都快站不住了，但是我的心里可美了，替渔民们高兴吧，又有好收成了！我们随便抓一条黄河鲤鱼就有三五斤重，胖乎乎的，在太阳下泛着金光，“金鳞赤尾、体型梭长”是对它最贴切的描绘。

黄河鲤鱼体态丰满，肉质细嫩，很像年画里小福娃抱的那种吉祥大胖鱼。这一网大概有三万斤鱼，能卖到四十多万元。大家伙儿拉网、装鱼、上吊车，我们则用小飞机航拍、GoPro水下摄影，用索尼高清摄像机和5D单反，各种角度、各种手段，把这次拉网捕鱼拍得热气腾腾、鲜活生动。甚至拍到摄像机被扑腾的水花浸湿了，不能再拍了，我们赶紧换了地方台同事的机器接着拍摄。而我也没有幸免——皮裤漏水了，冰冷的水把我的衣服都泡透了，无奈只有上岸，脱下它，爬进装鱼的大货车驾驶室，换了一件渔民师傅的大棉袄，穿着湿透的裤子接着拍摄，太冷了，冻到麻木，失去知觉，唯有拍摄节目时才能忘记寒冷！“只问耕耘，不问收获”的我们，这期《创新养殖 黄河鲤鱼生财》的节目也拿到当月《致富经》栏目收视率第一的好成绩，受到专业老师的好评。

冰水捕鱼除了破冰拉网，还有冰下走鱼线的方式。2017年2月，在陕西榆林市的神木县，我们拍摄了《你不知道的神木那些事》。这里有34平方公里的天然湖泊红碱淖，也叫昭君泪，紧邻着鄂尔多斯和毛乌素沙漠。传说当年王昭君远嫁匈奴，在此下马回望，万般感慨涌动心间，留下了难以还乡的眼泪，有“神奇红碱淖，一滴昭君泪”的说法。

到了冬天，这湖面结了厚厚的冰，可以在上面滑冰车、开冰上摩托，还能凿冰捕鱼——不过得用专业的钢钎来凿冰。费了很大的劲凿开之后，我们拿了一根拼接的长达8米的竹棍来试试水有多深。慢慢放进冰窟窿之后，竹竿杵到底了，我们所站的冰面湖水深5米多，听说最深的地方是8米。老乡拿来一个长得像MINI版小火箭的工具，叫穿线器，说是可

以在冰下穿线，它的后面系了一根带着红色标的长长的尼龙线绳，它走到哪，就把线带到哪，透过冰能够看到它的走向，我们就跟着红红的标线在冰面上走。在穿线器的带动下，就能找到出网的冰眼，凿开就能捕鱼了。凿开了冰眼，我们把穿线器取出，再放下粘网，又等了一会，我们就开始收网了，满心欢喜地一点一点把渔网从冰窟窿里往外拽。不过，让我意外的是，拉到最后，一条鱼也没捕到。失望之余，听当地的老乡说，这红碱淖以前有很多鱼，可是由于降水量的减少和生态环境的破坏，水位下降，鱼儿几乎看不到了，不过随着保护区的修复，投放鱼苗，据说到10月份就能开湖捕鱼了。

虽然遗憾，但是这陕北的冰下捕鱼方法我们是掌握了，有了技术还怕捕不到鱼？带着不服输的劲儿，我们找到了附近渔民家的鱼塘，又用穿线器下了一次网，这次拽网的时候，明显感觉跟在红碱淖不一样，沉甸甸的，拉得费劲，果然让人喜出望外，不一会儿就有大鲤鱼被拉上来了。还不少呢，好几十条！

都是冰下捕鱼，山东和陕北用的方式大不相同，所以世界真奇妙！

和天寒地冻的北方相反，南方的冬天很少见冰，但是不见冰的冷是那种阴着的冷，冻到骨头里的冷，让很多来南方的北方人冬天也会冻生病！我作为一个南方妹子，在南方，再冷的天我也是适应和喜欢的。2015年12月，在高邮湖上，我们拍摄了春节系列节目《妈妈做的饭之菱塘欢乐多》，也来了一次拉网捕鱼。

高邮湖面积大，是江苏第三大淡水湖，有11万个足球场那么大，780平方公里，水产丰富，仅是鱼就有60多种，是大自然最慷慨的馈赠。在这里拉网，就得是好几条渔船同时作业。大家用赶网的方式，用三五条渔船围拢成一个圈，把鱼群赶进网内，再慢慢收网，需要四五个小时，各种小鱼在水面扑腾，像跳动的音符，有毛刀鱼（也叫凤尾鱼）、大白鱼、大黑鱼，小的只有拇指大，大的十来斤重，很肥实漂亮，一网拉上

来就有好几万斤，真的是鱼满舱，拉不完的网，倒不完的鱼！

站在船上袖手旁观可不是我的风格，下水体验才是我！就在大家担心会不会水太凉，冻坏了身体，我却开始劝说他们，你看看人家渔民老乡站在水里拉网都六个小时了，都没有喊过一声冷，我这下去拍个节目也不过一个半个小时，那哪能叫辛苦呢？听完，他们理解了，大家七手八脚帮我穿上渔民的水裤。我一下跳进水里，刚下到水里，就能感觉鱼在撞腿，撞得生疼，水确实凉，但是再凉也得咬牙拍摄完再说。水齐我的腰深，在里面走很吃力。师傅们在一点儿一点儿缩小围网的范围，同时拖拽渔网。

高邮湖的鱼野性十足，因为它们活动范围大，吃的又都是湖里的浮游生物，体力好，所以很难抓。我运气好，眼疾手快抓起来一条，好大好胖，有七斤多，但是很快鱼又挣脱跳进水里了。我就跟渔民站在水里聊了起来，我说，你天天这样

站在水里围网捕鱼，好辛苦的。他说不辛苦，我说，为了家里人能过得更好一点，辛苦也是值得的。他说是的。我问他每年收入大概能有多少？他说十几万元钱，挺满意的。采访了半个多小时，我也在水里泡了半个多小时，手都要冻僵了，腿也开始不听使唤，可是对于这些渔民师傅来说是家常便饭，一泡就是一天。我就站在水里边拍摄边说：咱们在冬天吃到可口的鱼的时候，有没有想到过，在湖边捕鱼的这些师傅们，他们是这么的辛苦。

我始终觉得，只有三九天和渔民老乡一起站在冰水里，真真切切地感受到他们的冷和不容易，苦过他们的苦，才能对他们的生活感同身受，才能做出直击人心的节目。十几年田间地头一线的采访拍摄，没有一次拍摄捕鱼的时候我是站在岸上的，无论三九严寒还是三伏酷暑，我都会下水和渔民一起采访拍摄，这一点我很骄傲，我要用自己最真实的行动和感受去打动、感染观众。经常有地方宣传部接待的老师们很感慨，他们说真的没有想到央媒同行能这么亲民，还亲自下水，因为除了我们，他们很少能看到别的媒体朋友下水和渔民一起拍摄的。我哑然失笑，这难道不是一名职业记者基本的业务素养吗？怎么就成了美德？如果不能急百姓老乡之苦，还有资格来做大众传播吗？

淤泥挖藕用水枪

秋高气爽的时节来河北白洋淀挖藕是一项快乐体验。2014年我们来到了小兵张嘎的故乡，拍摄《玩在水乡白洋淀》。

在北方，下水时穿的皮裤叫水衩，一般都肥到可以装两三个我，所以必须系一根腰带，以免进水。我下水，师傅们都会有些嫌弃，因为我们来拍摄，实在点说是耽误他们干活了，在他们眼里，我们拍摄都不是正经事儿，有点瞎胡闹的意思。所以每次在他们的带领下进到泥塘，我都会表现得勤快、乖巧、嘴甜，这样才能被他们接纳和喜欢，能采访到更多有趣的东西。

在泥塘里行走特别艰难，因为深陷淤泥，已经拿出了吃奶的劲，更何况还有不合身的大水衩拖后腿，可以想象有多艰难！湖面上漂浮着师傅们挖上来的藕，我干脆拣了两节长藕做拐棍，辅助我往前走。师傅们喜欢坐在水里头，他们说坐着舒服，我也往下坐了坐，确实省劲儿，因为塘里有些泥块大，突起比较多，可以当凳子坐着，加上水的浮力，能暂时缓解劳累。

白洋淀里盛产9孔藕，脆、甜，炖排骨、炖肉都很好吃。在淤泥里行走只是挖藕难的第一步，真正考验人的是怎么能在淤泥里摸到一根完整的藕。师傅手里拿着一支水枪，别小看它，它可是威力十足的高压水枪，从水里抬起来的那一刻，水能冲出十米远，用它来冲淤泥里的藕恰到好处。师傅在挖藕的时候，都会俯身，大半截身子都会在水里，几乎只露个头出来，手拿着水枪在水里面冲藕。有人要问了，看也看不到，怎么知道泥里哪个位置有藕呢？这就是靠经验了，一般他们选择有荷叶的地方，茎的下面，用手摸到了藕，就开始把着水枪对准茎的下面使劲冲，这个时候师傅是盲冲，只能靠手来感受，大概过了有两分钟，一根鲜嫩的藕就被师傅从淤泥里拔出来了。整个过程我们是看不见的，能看见的只有师傅的头和脸，他的手在水里怎么忙的，我们只能靠猜和判断。师傅拿给我们的藕白白嫩嫩，由于高压水枪的作用，藕上的淤泥完全没有了，露出了它的真面目，我们通常形容小婴儿的胳臂像藕节，肥嘟嘟白嫩嫩，所以你能想象藕有多鲜嫩，和泥塘的黢黑淤泥形成了鲜明的对比。不光冲藕需要技术，拔藕也需要技术，力气大了藕会断，力气小了藕又出不来，保持藕的好卖相才能有好价格。

师傅们每天泡在水里都有12个小时，从早上6点到晚上7点，这样的强度要持续两个月，下雨时也得干。挖藕师傅们因为常年泡在冷水里，得风湿性关节炎的不在少数，时间一长手脚都会失去知觉，一天一人能挖上千斤的藕，多劳多得，能让家人过得更好一些，是对他们辛苦劳作最大的犒劳。

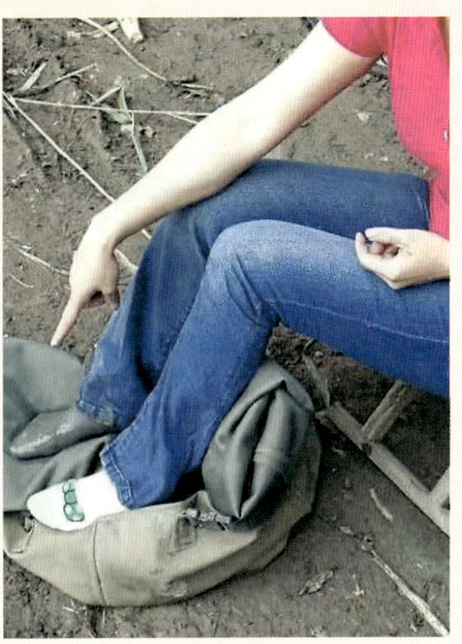

进村前的我

进村后的我

铭心刻骨
人物篇

采访拍摄15年来，我发现自己的朋友圈大概有三类朋友：艺术家、从商创业者、从政领导者。虽然他们的领域泾渭分明，但是不少朋友是“跨界混搭”的高手。比如，艺术家懂市场经济，把艺术活动和乡村振兴结合得好；从政领导者有“文艺范”，诗和远方的执政理念为一方百姓带来民生福祉；而从商创业者深谙政策与经济，以致产业链越来越完整、企业高质量发展规模越来越大。“多面手”成为时代的“宠儿”，但是成功后的他们仍都怀揣一颗奔赴山海的赤子之心，历经世事的磨砺，知世故而不世故，见山还是山见水还是水之后，归来仍是少年，纯粹、真诚、善良，犹如赛里木的湖水一般。

从怀揣1000元到打造上亿元番鸭财富

身家过亿的男性创业者、致富带头人我采访过不少，黄永强是唯一一位在镜头前落泪的人，所以我很欣赏他，已经功成名就的人，是很少把自己的脆弱面展示给人看的，铁骨铮铮的汉子内心如此柔软、纯粹。拍摄时，当他一边流着泪一边哽咽地说：创业人就是孤独的，确实就没有人能倾诉，谁都有过心酸的历程，但所有人只能看到他辉煌的一面。所以，不管再苦再难，我们自己内心必须坚持下去，路是自己选的，所以只能坚持走下去……

我深深地理解这位豁达、睿智、善良、超自律又财商极高的中年男人，这30多年商海沉浮，面对所有的不被理解的委屈、误解、压力甚至是背叛、伤害，他都只能是自己咬牙扛过来，因为对父母、妻女、员工、客户，他永远需要面带微笑，怀揣真心，像春风化雨一样去融化他们。

在我采访的各地领头羊式的创业者里面，以“60后”居多，而且没有上过大学的居多，可能正是因为没有学校里那些条条框框的理论束缚，他们在社会的大熔炉里练就的金刚不坏之身，学习能力、创新能力、抗压能力、抗打击能力都高于常人。苏格拉底说过：我知道我不知道。叔本华也说过：你读很多书，只是让别人的思想在你的头脑里跑马。看书多当然好，读书也重要，知识也可以让你变成一个很有用的人，不过在社会这座大学里，“实践出真知”远远比书本的知识更有力！

黄永强，1967年出生于安徽省宿松县，初中毕业后，做过机械修理工，也和父亲一起贩卖过家禽，可惜都好景不长。很多成功了的人对于过去经历过的“暗黑历史”是不愿多提的。因为那个时期的主人公大多处于劳苦、焦虑甚至是卑微的状态。但是黄总丝毫不介意谈起这些，说起这些的时候他面带笑意，一副云淡风轻的模样，非常谦和可爱。十五六岁跟着父亲挑着担子沿街叫卖的时候，怕羞、不敢吆喝，所以总是收不到鸡鸭，空担子出去，空担子回来。黄总说那时自己自卑、胆怯，就想逼着自己胆子放大一点。在采访的现场，黄总还用家乡话，给我们喊了一句当年沿街叫卖时的吆喝：“收——鸡——呦——”喊完还腼腆地笑了笑，我们仿佛看到了曾经那个瘦瘦小小的少年讨生活时的艰辛和无奈。黄总的坦然、真诚深深打动了我们，丝毫不掩饰曾经做过最底层营生的尴尬。

1992年3月的一天，25岁的黄永强揣着父亲给的1000元钱，来到安庆，开始了他独自创业打天下的人生奋斗史。初到安庆，和所有孤身打拼的人一样，他只有一个简单的心愿：存够1万元钱，买1辆好摩托车，离开农村，不在家种田。这让我想起我刚来北京，在中国传媒大学读书的时候，利用寒暑假在台里实习，晚上坐车回学校，看到城市大厦林立，万家灯火。摩天大楼里透出一格又一格温暖的光，对我来说那是心灵的港湾之光。那时候我就憧憬：这个充满了梦想的城市里，如果将来有一个窗户的灯，属于自己该有多好！一个人有了愿望，就有了动力，这日子就有了奔头。黄永强和妻子一起起早贪黑，把从老家宿松收购来的散养鸡鸭运到安庆市场销售，赚差价。随着业务量的增大，转而从家禽零售发展到了家禽批发，批发让他的生意挺红火，才过了1年，黄永强就实现了自己人生的小目标——存了1万元钱，还买了摩托车。不光如此，他还花了1万多元买了部“大哥大”。在那时的“鸡贩子”里，黄永强是第一个有“大哥大”的

人，他说这样能更及时地了解货源和售卖地的信息。

不过黄永强并不满足，他发现虽然批发生意红火，但是运输成本一直不降，而且价格受市场影响大，抗风险能力弱。他想：既然这样，为什么我不自己养殖鸡鸭，这样不光节省了运输成本，而且养殖、销售一体，可以逐渐形成自己的品牌，还能增加市场抗风险力。1998年，黄永强开始尝试自己养鸡，逐步积累了饲养经验，还把养殖技术跟周围的农户分享，带动农户一起养殖，并且回收商品鸡。到了2009年，他的公司家禽年销售额就近亿元了。从1992年怀揣千元，时隔17年，黄永强公司的销售额近亿元！

17年，可能对于很多奋斗的人来说，只是在社会的毒打鞭笞下从一个职场“小白”成为一个职场老江湖的过程，多了对人情世故的练达、深谙；从“见山是山”到“见山还是山”，多的只是车、房和家庭的琐碎生活，多的只是“初听不知曲中意，再听已是曲中人”的感慨，而梦想却早已湮灭在日复一日的鸡零狗碎中……引用臧克家那句名言：有的人活着，他已经死了。人活着，梦想已死，追求已死，自甘平庸、平平无奇、自我安慰式地度过这混沌一生。我一直认为，挣钱多，哪怕是挣到了黄永强这样的一个小目标，这不是终极目的，而是一种能力，一种从不给自己设限、不断突破自我、挑战自我，实现自我价值、回报社会的能力。多少人几辈子也挣不到一个小目标，经常听身边一些朋友说，如

果我有多少多少钱，我就在哪哪买个农家小院，种花养狗、喂马劈柴，归园田居了。虽然此时的黄永强早已实现了财富自由，有资格躺平了，可是，他并不想！

2010年，黄永强突然做出一个决定，放弃做了近20年的普通家禽的养殖、销售，要养殖一种很多人都没有见过、听说过的番鸭！买卖做得红红火火，怎么要突然改养番鸭呢？不出他所料，这个决定遭到了家人、员工的强烈反对！一直追随他多年的财务主管祁银花接受我们采访，回想当年时说：不知道他怎么想的，非要一意孤行，就是要做这个番鸭，没有人支持，包括黄总家里人都不支持，就觉得他脑子有病，突然有这么一个想法。而黄永强的从商启蒙人——他的父亲更是极力反对，他认为做经销（贩卖家禽）是最没有风险的，利润空间始终是存在的，万无一失，而改做番鸭产业，完全不熟，养殖技术没有不

说，价格还有市场又在哪呢？风险多大！好不容易打拼的小目标一下子赔光了怎么办？更有员工说他疯了，那时的家禽批发市场，利润相当不错，转型番鸭，市场会丢掉，没有收入还会亏钱！大家当时要多崩溃有多崩溃！员工反对，黄永强压力大也就算了，可是父亲也极力反对，这样让黄永强很伤心。

他说心里很难受，觉得对不起父亲，做儿子的没有让父母顺心顺意，自己心里的孤独，也没有办法跟别人说……黄永强落泪了，有委屈，但是更多的是自责，忠孝不能两全，如果遵从自己内心的事业，就不能听从父亲的规劝了。

黄永强为什么要破圈走出舒适区，放弃原来好好的生意去涉足一个新的自己并不熟悉的行业呢？原来在经营家禽这些年里，有很多客户找到他问有没有番鸭，黄永强多次进行市场调研，感觉到一个新的商机来了！他说，当时市场上番鸭很少，没有形成规模化的养殖，都是农户自己散养。有很多人要这个产品，但自己的公司又提供不出来，别人做的东西自己不会跟风，别人没做的东西，既然自己洞察到未来的市场行情，就值得去做，他很看好番鸭。番鸭，又名香醇雁、麝香鸭，原产地在中南美洲热带地区，一个“番”字就说明了它的身份，是外来物种。番鸭在中国有300多年的饲养历史，体型大，有点像大白鹅，全身白色，嘴和眼睛周围有红色的肉瘤；也有黑色肉瘤、全身黑色或黑白花色的。

番鸭个头一般是麻鸭的两三倍大、一只6斤多重，爪子极其锋利尖锐，像鹰爪，野性十足，好斗，打斗起来尘土飞扬、羽毛漫天，伤痕累累。番鸭的凶狠野性，在拍摄时我们是见识了的，一旦一只陌生番鸭入侵，那么原住民就会“群殴”以致对方落荒而逃。

在拍摄现场，我们还做了测试。听说小鸭苗的爪子很厉害，黄永强便拿起一只出生两天的小鸭苗放在了自己的衣服上，果然小家伙牢牢地抓住他的衬衣，像抓救命稻草一样，小翅膀都翘起来了，紧紧抠着，我觉得又好笑又可爱。我也拿起一只放到胸前，真的是挂在了衣服上不下来，像一个可爱挂件！从小爪子就这么锋利，长大了还得了？我感叹着，番鸭的爪子锋利可不是浪得虚名。

番鸭不是普通家禽，市场占有量少，所以价格比普通鸭子贵，20多元钱1斤。由于它富含铁、钙，高蛋白低脂肪、肉质紧实，营养滋补，加上含有的麝香味，炖煮起来风味尤佳，很受安徽、福建及周边地域的食客喜爱。但是番鸭苗成本高、成活率低，普通养殖户是不会去养番鸭的。经过反复琢磨，深思熟虑，黄永强用自己的超前眼光认了定番鸭产业的前景，他决定破釜沉舟、背水一战！“我不去想是否能够成功，既然选择了远方，便只顾风雨兼程”，这是他那时内心最好的写照吧！

2010年3月，黄永强投资了3000多万元，建起了番鸭繁育养殖基地。他引进了法国克里莫公司的番鸭种苗，开始孵化养殖。一开始就孵化了1万多只，真是捧在手里怕摔着的感觉，甚至是怕小鸭苗喝生水拉肚子，烧开水放凉之后给小鸭子喝，就像对小宝宝一样用心。可是问题接踵而至，先是小鸭子出现炎症。由于养殖技术不成熟，育雏期间温度不够，造成了小鸭子脱肛得了炎症。每天都有大批的小鸭子死，这都是一个个毛茸茸鲜活的小生命啊。痛定思痛，黄永强开始反思自己，不再盲目自信乐观。他请来了专家，一起从基因优化、养殖模式、生物安全、营养供给等方面，对番鸭的喜好、习性建立了行业模式。这一切都成功地把番鸭苗成活率从原来的50%提高到了98%，而且养出来的番鸭苗都很健壮。

虽然种苗的问题解决了，可是在养殖中，又遇到了奇怪的事情：一些番鸭老是莫名其妙地消失。他和员工查看圈舍门窗，都好好的，那怎么回事呢？就琢磨是不是被黄鼠狼叼去了？再分析，没可能，公番鸭大的都有十几斤重，比黄鼠狼都大，黄鼠狼怕是心有余而力不足。那到底是什么原因呢？难道是员工偷了？黄永强觉得不可能，但查不到其他原因。员工们压力很大，既委屈又着急，下决心查个水落石出。终于几天下来，员工们在圈舍周围树林的草窝里发现了一些失踪的番鸭，要知道这树林离圈舍还有三五百米呢，番鸭怎么会在这儿？经过请教专家才得知，番鸭会飞翔，比一般的家禽都飞得远。为了不让番鸭飞走，黄永强便想了一个办法：给番鸭剪翅膀，尤其是种鸭，剪完了翅膀，番鸭就不再乱飞蹿栏，也不会出现吃食不均，肥瘦不均而影响产蛋率的情况，产

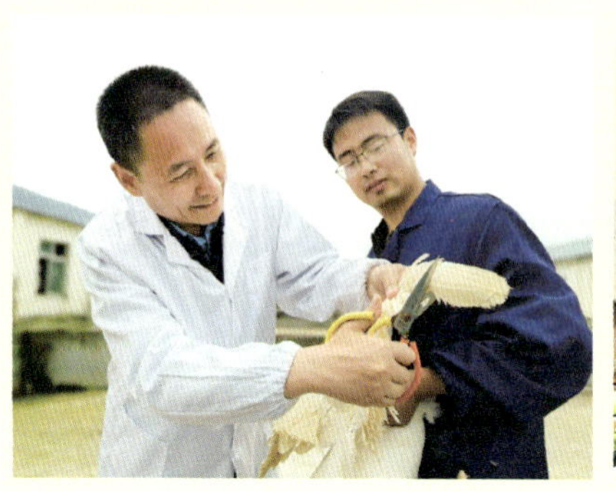

蛋率上来了，经济效率也提升了。

到了2011年，15万只商品番鸭要出栏了，黄永强成竹在胸，觉得这次可是能卖个好价钱了。可是一场禽流感突如其来，市场严重受挫，这个时候如果卖掉番鸭，公司会损失100多万元，但是如果继续养殖的话，饲养成本更高，损失更多！黄永强就做了个大胆的决定，不仅规避了损失，还让他掌握了番鸭市场的话语权。

原来，黄永强早就预估到禽流感时间也就3个月，之后市场行情一好，活禽会少，活禽市场涨价会很快。黄永强觉得这是个商机，他委托代理屠宰加工冷冻了这些番鸭，等到3个月后，家禽市场价格高了，就拿出来卖，别的家禽养殖户因为禽流感亏得一塌糊涂，而黄永强凭借自己敏锐的市场洞察力反而挣了钱，财商超高！

为了提高竞争力，打开外地销售市场，黄永强决定在周围省、市推销番鸭苗。可是很多地方的养殖户都没有听说过番鸭，怕养了没有市场，不敢养。黄永强心想，我降价总应该有人买了吧，可是他还是草率了，过于自信了，降了半价的番鸭苗还是没人敢买，养殖户们担心卖不掉，仍然没人买。为了先一步占领外地市场，黄永强决定放手一搏，既然没人买，那我就免费送给你养还不行吗！这时候养殖户们才有些动心，既然番鸭苗不要钱，那我就试着养养看，你骗也骗不到啥，白给的苗嘛。就这样，黄永强不光免费提供番鸭苗，还免费提供饲料和技术支持，养成后的商品鸭还回收，养殖户们挣了钱，尝到了甜头，加入养殖的队伍不断壮大。通过卖苗，我们能看出黄永强的做事风格，那叫一个轴，就是我们俗话说的“不撞南墙不回头”，他撞了南墙也是不会回头的！为了抢占市场先机，在卖鸭苗的早期，他不仅降价甚至白送鸭苗给养殖户，看似“傻”，实际这背后是敏锐的市场洞察力，并且他深谙“吃亏是福”的中国式处世哲学，“小胜凭智，大胜靠德”，在养殖户心中树立了为人厚道、替人着想的好口碑，赢得了人心！一顿操作下来，他打开了河南、山东、浙江等省的市场，番鸭苗的销售额就达2000多万元！

胸中的格局打开，事业的天地就更广阔了！除番鸭养殖、销售之外，黄永强还和星级大厨一起研发了近百道番鸭菜肴，上海、浙江、海南等十来个省、市的100多家酒店都按照统一标准去烹饪，以提高产品附加值的方式，每年光酒店销售就达到了3000多万元。黄永强希望带动安徽的父老乡亲一起致富。2017年，他在安徽省阜南县投资2.38亿元，建立了番鸭养殖基地，并且建立了年加工1.5万吨的番鸭肉制品的加工厂，共带动阜南县贫困户100多户，每户平均增收7万元！

刚踏进社会的时候黄永强只是个初中毕业的少年，但是这些年为了企业不断成长、在市场的大浪中屹立不倒，他陆陆续续去北京、上海等城市进修学习企业管理等课程，按他的话说，交的学费都不下千万元了！每次一去上课，他就把手机调成静音，父母经常找不到儿子，很着急，抱怨他“不务正业”，可是他们哪里知道，他们的儿子每次学成归来之后，就把学到的知识理论、思维方式迫不及待地运用到公司实践中；而且还送员工分批出去培训学习，共同成长进步。

如今黄永强的安庆永强农业科技股份有限公司不光是安徽省的龙头企业，在全国的番鸭行业也位列前茅！黄永强最欣赏的人就是稻盛和夫，“提高心性，拓展经营，动机至善，私心了无”，他感悟最深。一个企业家如果发心不正，企业的发展灵魂没有找到，如果所从事的产业与时代不契合，那么不用太久，企业就会淹没在时代的长河里，被社会淘汰。黄永强用三句话来概括了自己一生追求的目标。①做一件让妈妈开心的事。这是事业定位，妈妈可以是自己的妈妈，也可以是政府，还可以是国家和社会，他鼓励员工都要成为妈妈的骄傲，做有益于社会的事业。②磨好豆腐给妈妈吃。这是产品定位，意为企业所做的产品都是给自己母亲吃的，用敬畏之心、仁爱之心，为亿万家庭提供营养美味的番鸭食品。③飞遍爷爷想去的地方。这是品牌定位，就是企业有一个世界级的品牌梦，需要企业代代相传去实现。

最后，我想用自己书桌前的司马南老师赠送我的隽秀飘逸的小楷书法《卜算子 · 咏梅》与黄永强共勉。风雨送春归，飞雪迎春到。已是悬崖百丈冰，犹有花枝俏。俏也不争春，只把春来报。待到山花烂漫时，她在丛中笑。

“90后”海归女孩的羊驼梦

很多人对“富二代”都没有太好的印象，认为他们游手好闲、挥金如土，虽然不能以偏概全，但是也部分地反映了现实。不过2020年9月，我在山西太原采访了一位海归“富二代”之后，刷新了我对“富二代”的认知。她是“90后”，一位白白净净清秀文静的女孩。说心里话，我很喜欢她，喜欢她身上的质朴善良、果敢率真，就像没有经过雕饰的璞玉，没有经过世事侵染的雪莲花，面对我们的镜头，她那么可爱淡然，有时候甚至还有些孩子气，不像一个传统印象中强势霸气的创业者。难怪30分钟的专题节目做出来之后，得到了主持人兼制片人刘栋栋老师的表扬和台里老师的赞许，赞扬这位主人公性格很有魅力，赢得了大家一致喜欢。

邓昕，1990年出生，2005年15岁那年就被家人送去澳大利亚留学，在澳大利亚的七年里，她读完了高中和大学，也品尝了海外游子的孤寂和思乡。她说春节的时候听到墨尔本大街上有华人在放鞭炮，心里就想哭，但还有弟弟要照顾，也不能太多愁善感、敏感脆弱，就把这种情绪压了下去。对于国内“压力山大”拼高考的同龄人来说，邓昕是幸运的，在澳大利亚的七年，她几乎毫无压力地生活、学习，这也造就了她性格中不会过分地强求、一份天然的随性，一切的发生都似乎是顺其自然，没有与命运抗争的拧巴劲儿。邓昕可以说是含着金汤匙出生，父亲邓榆生，20世纪80年代毕业于中国矿业大学，先是在政府机关做公务员，90年代下海经商，涉足煤矿、房地产领域，取得了不菲业绩，为家人撑起了一片天空，也提供了优渥的物质条件，成为世俗说的“富一代”“创一代”。

记得在我们摄制组到达太原高铁站时，邓昕很准时地出现，就像一个邻家小妹妹，亲切可爱，很细心体贴地接待我们。在放行李时，为了她的手提包不占车的座位，她随手把自己的奢侈品包包扔进了后备箱，就像对一个蛇皮袋一样，毫无心理负担，我很欣赏。反观我认识的一些女孩，如若自己拿了个稍微贵点的奢侈品包包，就会放在会议桌的最显眼处，唯恐全天下的人不知道，每次看到这样的场景，我心里就好笑，这不只是物质上的贫穷，还有思想上的贫穷吧。女孩如果靠自己的打拼奋斗，犒劳一下自己买个品牌包包，无可厚非，因为现在的我们，边奋斗边享受，会带来难忘美好的人生体验，更加有动力。可是很多姑娘为了得到一个奢侈品包包，连着三个月吃泡面、挤公交，甚至是伸手向父母要钱“啃老”去买，我是看不起的。你的实力要足够撑得起你的消费，无限膨胀的虚荣心只会反噬你自己！

在澳大利亚留学之际，一次偶然的机会，邓昕在一个庄园里看到两只羊驼，那可是在10多年前的2008年，国内几乎没有这种萌萌的生物存在，很多人连听都没听说过，可是邓昕却在国外见到了。她摸着毛茸茸的羊驼，可能是那绵软的毛发触发了女孩内心最没有抵抗力的柔软吧，一丝丝温暖沁入心底，有一种家的感觉。她毫不犹豫地买下了羊驼毛制成的一个小熊玩具，也就是这个玩具陪着她度过了海外那么多个日夜。

采访拍摄时她还拿出来给我们看，十多年了，她一直带在身边，虽然有些旧了，但那是自己留学时光的见证。

2012年，邓昕从墨尔本大学电子工程专业毕业，回到了太原，回到了爸爸妈妈身边。她开始在太原的一家留学咨询公司做留学顾问，虽然过着朝九晚五的稳定生活，但是邓昕觉得很迷茫，没有目标，内心有无法言说的空虚。她那颗见过世面的不安分的心，开始躁动起来。这时候爸爸也看出来了，他想要支持女儿做点自己喜欢的事，换句话说，就是帮助女儿创业。可是创哪一种业呢？做房地产？还是矿业？邓昕都摇摇头，这些自己都不喜欢。邓昕想了很久，告诉爸爸，自己打心眼里喜欢羊驼，想要养羊驼，真心喜爱才能做得长久。父亲很理解，可是国内哪有羊驼？偶尔景区有一两只展示，可是那并不适合创业来养。

父女俩经过多方打听，才知道那时山西农业大学有羊驼养殖的科研项目，他们从2002年开始研究羊驼，认为有经济价值，也适合在中国饲养，想把它产业化。他俩就找到山西农业大学的董常生教授，董教授告诉他们养一头羊驼一年的成本才1500多元，但是收益能接近两万元。性价比这么高？这让父女俩喜出望外。

羊驼，属于骆驼科。可是很多朋友都把它当成羊类，其实它只是长得像绵羊而已。它们生长在高海拔地区，以高山棘刺为食物，原产地是南美洲安第斯山区，秘鲁、玻利维亚等地也有，20世纪80年代美国、欧洲多国、新西兰、澳大利亚都开始养殖羊驼。从体型上看，它们其实是

一种迷你型骆驼。一只羊驼一般体重在60 ~ 70公斤，性情温顺，胆子小，警惕性高。很多网友会吐槽，羊驼会吐口水，其实它只是在受到威胁或者遭受攻击时才会朝对方吐口水，可以说是一种应激反应。

邓昕在父亲的支持下，用10万多元在阳曲县流转了1000多亩荒山地，按邓昕的话来说就是天时地利人和，有山西农业大学技术支持，还有千亩荒山地，养羊驼又是自己梦寐以求的事情，简直就是完美！2014年，在父亲的资助下，邓昕投入600多万元建立了8个养殖圈舍，并且从澳大利亚包机运回100多只纯种羊驼开始养殖。可能有人要说，看来创业还得有个金主爸爸。我个人觉得，很多“创二代”纵然家里投入了600万元，但是几年下来由于各种原因赔得精光、血本无归的例子不在少数，而邓昕能在不断摸索中，在三五年之后，年销售额达到2000多万元，这难道不是一种成功吗？问题的根本不在于那600万元的投入，而在于如何把600万变成6000万的过程，这是需要大智慧的！

万事俱备，就差撸起袖子加油干了！养殖场刚建起来的时候缺人手，邓昕就自己来，整天灰头土脸的，就像她的同学见到她时形容的：一下子真没认出来，邓昕穿得很土气，鞋上和裤子上全都是泥，一点都没有女孩子样了，很受苦受累的感觉。回国的同学有的做了设计师，也有自己开店的，总之都是都市白领吧，只有邓昕，放着千金大小姐不做，偏偏在荒山地里做起了土得掉渣的养殖户，这和海归、富二代这些时尚标签完全不搭。邓昕真的很特别！她只在乎想要达成的目标，具有创业者的潜质。

第一只小羊驼的出生为邓昕带来了惊喜，可是没过几天，小羊驼蔫巴了，站都站不起来了，又过了几天，小羊驼居然死了。“本来就那么小，挺好的一只小羊驼，结果我没把它养好，特别伤心……”说到这儿邓昕哭了，对着我们的摄像机流下了眼泪，她说不下去了，哽咽着，擦着眼泪，我坐在她对面采访，看到这我也掉了泪，因为我能深深地感受到她当时的内疚和无助，更重要的是虽然年纪轻轻就已经是一个公司的总经理，但是邓昕身上那种刻在骨子里的善良和纯真，并没有随着经商而磨灭，依旧知世故而不世故，这是最难能可贵的。因为“没把它养好，它一下就没了，当时就特别质疑自己，觉得我是不是不适合做这个东西”。父亲邓榆生这时也没有责怪邓昕，“知女莫如父”，他深知这一

年多来，为了建立养殖场、引进羊驼，成为一个合格的创业者，女儿没少吃苦、少受委屈，也独自扛了很多，虽然女儿一直以知名女企业家董明珠作为进步的标杆，但是当死了小羊驼，女儿见到自己，一下子放声大哭，那种爆发式的付出没有得到回报的委屈，父亲是完全能够理解的。不过邓父也觉得很欣慰，女儿为了自己的事业和梦想这么拼，将来一定能成！

那时养殖场里陆续死去的小羊驼有20多只，经济损失达40多万元。邓昕赶紧请教了山西农业大学的专家，才知道是饲料出了问题，为了节约成本，邓昕用了青贮饲料，这样蛋白质含量低，缺少营养，羊驼的整个抵抗力就弱了，从繁育到生长，都会受到影响。在专家的指导下，邓昕调整了饲料配方，夏天喂苜蓿配羊草，冬天就回收当地的秸秆，苜蓿配秸秆，再搭配玉米、麸皮、豆粕等精饲料，还要添加各种微量元素，羊驼很爱吃。科学的喂养方式使得小羊驼的成活率提高到了90%。为了让羊驼身体健壮，邓昕还增加羊驼的活动量，每天把它们赶到荒山地去吃草，补充维生素矿物质，同时又活动了筋骨，像风一样自由，享受到了野生羊驼的待遇。

我们拍摄时，从圈舍到山坡的路径上设置了四个机位，天上飞着小飞机，在围栏处用GoPro固定一个机位拍大全景，摄像老师用固定机位的高清摄像机拍摄羊驼中近景，我手里再拿一个微型摄像机跟拍，四个机位只有我和摄像老师两个人来完成，厉害吧！这种多角度、多景别的拍摄呈现出了羊驼奔跑时的欢腾、鲜活的画面效果，考验了媒体人的业务能力。赶上百只羊驼到山坡时，那叫一个壮观。羊驼撒着欢，奔跑起来像马驹一样威风凛凛，白色、褐色的羊驼在绿草坡的映衬下活力十足、生机盎然。除了赶羊驼，邓昕还帮忙给羊驼接生、剪毛、剪蹄甲等。每次一到母羊驼分娩，邓昕就捏着一把汗。羊驼属于单胎，一般11个多月

才分娩，流产的概率比较大。即将临盆的母羊驼一般都会来回踱步，焦虑不安，有的还会卧下，可能是因为阵痛的原因。

我们在拍摄时，正碰到养殖场羊驼生产的高峰期，一天下来有好几只甚至十几只小羊驼同时降生。但是很多时候并不能准确知道母羊驼到底哪一刻生产，有时候机位对准它半天了，三个小时过去了它还不生；有时候猝不及防，它半夜就偷偷生了，让人哭笑不得。我们选取了一只最着急生的深褐色准“羊驼妈妈”，兽医估计它上午就会生，我们就没安排其他的拍摄任务，在圈舍外静静地等着这惊心动魄的时刻。虽然我们尽量轻手轻脚、轻拿轻放，但是母羊驼还是很敏感，走来走去就是不生。僵持了两个小时后，母羊驼实在憋不住了，邓昕发现它的身体出现了异样，一个球状的东西被挤出了它的产道口，可能是难产！邓昕赶紧叫来了兽医，还是兽医技术纯熟，在两个人的精准配合下，一起将小羊驼从产道拽了出来。小羊驼刚出生的时候一般10斤重，四肢长长的，还带着胎衣，都是血，在我们看来有点吓人，邓昕却习以为常，她给躺在地上血糊糊的小羊驼剥去胎衣，再抹上速干粉，不让它着凉感冒。小羊驼看着有点脏脏的，不过太阳一晒，它自己再一抖，就变成一个毛茸茸、干净可爱的小羊驼了。

虽然邓昕单身，妥妥的“白富美”，没有做妈妈的经验，但是对于分娩的母羊驼，她极尽呵护，近十年来都陪伴生产，生怕它们出意外。对小羊驼也像自己的孩子一样，经常贴贴亲亲抱抱举高高，那么多的爱把小羊驼都融化了。

羊驼生长速度快，尤其是蹄甲和毛发生长速度也快，邓昕有时候还会和员工一起在圈舍外的场地里抓羊驼，把“邋遢王”变成帅小伙。三五个师傅一起，把羊驼放到大木板上，外行的人看到了还以为要对羊驼行凶，殊不知被“五花大绑”在木板上，是最有利于修剪蹄甲的姿势了，这样不会让羊驼受到惊吓，产生应激反应。羊驼的两个前蹄和两个后蹄分别被固定住，邓昕说它不疼，只是它现在很不爽，就好像你好好在那悠闲散步，突然地把你五花大绑，说完她还模仿了下被绑好的羊驼模样——两个胳膊直直地伸开，头朝天仰着，表情凝固，一副铁憨憨的样子，我咯咯地笑起来，这哪是一个霸气的老总，分明是一个顽皮的小可爱，一个有趣的灵魂。

邓昕给羊驼剪牙齿时咬着牙，可是它们的牙太牢固坚硬了，只剪了个牙齿尖。如果不修剪，牙齿过长会影响采食和健康。这些明明可以让员工来做的事，邓昕为什么还要亲力亲为？说到底还是喜欢羊驼，爱它们。自己动作修剪羊驼，看到它们干净整洁，那份满足感是很享受的。在养殖场，邓昕还带我们看了一只瘸腿的公羊驼“瘸瘸”，因为母亲难产，兽医助产的时候把它的腿拽折了，导致刚出生就一只蹄子弯曲不能站立，走路时比较吃力。怕它被公羊驼欺负，邓昕就把它放在母羊驼的圈舍，这样能生活得安逸。邓昕说之前有人想要花两万块钱买去尝尝羊驼肉，她坚决不同意，邓昕说宁愿白养着

在养殖场，也不能让它被人吃了。不过“小瘸瘸”这几年并没有白吃养殖场的粮，每年它身上剃下来的羊驼毛都能送去卖钱，创造了经济效益，自己为自己赚口粮。“小瘸瘸”很阳光，丝毫看不出来因为残疾而自卑怯懦，大家对它也格外关照；它远没有人类的脆弱敏感和玻璃心，分明觉得自己是一个正常的小羊驼，所以我们都很喜欢“小瘸瘸”。

从2014年开始引种养殖100头羊驼，到2020年，邓昕的养殖场存栏规模已经达到了2000多头，翻了20倍，销售额也达到了2400多万元！这六年里，邓昕付出了巨大的心血，把人生最美好灿烂的年华(24岁至30岁）奉献给了羊驼事业。大多数女孩这个年岁都在窗明几净的写字楼为自己拥有一份体面的打工生活而满足的时候，邓昕却在荒山圈舍给羊驼接生喂饲料，日复一日重复着枯燥辛劳的工作；大部分姑娘都在这个年岁为觅得一佳偶而不停热恋失恋，而邓昕却在不断探索羊驼养殖销售经验，建立起产业链，为全公司员工打造避风港。我以为，人和人的不同根本上在于认知的不同，而不是出生时的背景、后天你遇到了谁等等。唯有认知，决定我们在这个社会到底以怎样的方式存在，实现怎样的自我价值和社会认同，最终会以什么样的状态呈现出来。

邓昕很爱她的父亲，可以说没有父亲的资助和引导，就没有邓昕的今天。不过，邓昕也是一个主意特别大的人，说白了，并不“唯父命是从”，不愚孝。就拿2015年卖羊驼一事来说，她和父亲就发生了很大的分歧。父亲认为传统的养殖业就要用传统的销售方式，找朋友、找熟人；销售就要到处跑，跑业务，不跑哪来的业务？可是邓昕不这么认为，虽然自己一天销售没干过，但是爱学习钻研的她，也善于发现问题，她认为传统的销售模式最大的缺点就是范围很窄，很难把自己推向整个市场，她决定用网络销售，销路可以面向全国市场。

这让一辈子都在创业做生意的父亲很恼火，翅膀硬了咋的？还敢跟老爹对着干了？他觉得羊驼这东西谁上网去买？宣传还有费用，宣传的越多，花的钱越多，一只羊驼都没卖，先砸出去那么多钱，这样根本就不靠谱！事实也正如父亲所料，邓昕跟网站合作建公司网页，展示自己养殖的羊驼，并且竞价排名增加客户浏览量，可是两个月下来，一只羊驼也没有卖出去。父亲终于有地方撒气了，说你看看，我说没效果吧，还说我老古董，你看你用了新手段，不也卖不出去吗？父女俩也上演了一场传统和现代的销售观念大战。有人说，新一代不听上一代的话，这个社会才会进步，我是非常赞同的。如果当年我不“忤逆”父亲的意愿，在家乡读书工作，现在也过着平淡无奇的小日子吧。可是我听从自己的心，选择了来北京读书，他乡打拼追寻梦想，不负韶华不负己，此生无憾。

邓昕并不气馁，她继续加大网站的宣传力度，增加公司的曝光率和浏览量，更为重要的是她要保证羊驼的品质，而且要在售后服务上做到最好。终于，又两个月后，邓昕等来了人生的第一个大单，有人打来电话要买50只羊驼！邓昕惊呆了，高兴得合不拢嘴，按她的话说真是雪中送炭！如今越来越多的景区、休闲农场、萌宠屋为了吸引游客，都会引进养殖一些特殊的小动物，比如羊驼、孔雀、柯尔鸭、小香猪等。比如我们拍摄的西安的一家萌宠屋，就是从邓昕那儿买了一只褐色羊驼“花花”。“花花”成了流量明星，一下子让萌宠屋爆火起来。店主说，“花花”让她的店一天营业额上万，一个月下来十几万是没有问题的。这还是面对媒体的保守数字，所以你可以想象羊驼带来的经济效益。

我们也采访了一帮来萌宠屋看羊驼的高中生，我问了其中一个男孩，为什么这么喜欢羊驼？他说，解压。我好奇，你小小年纪哪来那么大压力？他说，上学压力大呀！我恍然大悟，不只是成年人的世界一地鸡毛，少年也有少年的烦恼。能来萌宠屋和羊驼玩一会，摸摸它毛茸茸的大脑袋，抱抱它软软的脖子，再喂点胡萝卜，就能让这个男生暂时忘掉课业的繁重和父母的唠叨，以及即将高考的焦虑吧。每个人都需要有排遣情绪的出口，可能是游一次泳、玩一把游戏、品尝一顿美食、摸一次羊驼，等等，来疗愈那颗缺乏安全感、脆弱焦虑的心。

为景区、休闲农庄、萌宠屋等提供好品质的羊驼以及周到的售后服务，让邓昕的销售越来越火，她逐渐跟全国30多家经销商建立了合作关系，把羊驼卖到了全国各地。

2018年10月，山西农业大学的董教授找到邓昕，说想要合作，邓昕却拒绝了。到底咋回事呢？原来董教授说一家科研机构想要合作，用羊驼来做生物科学实验，邓昕不愿意。因为不了解，她担心给羊驼打针做实验，把它打病了怎么办？董教授很理解，邓昕之所以拒绝是因为爱羊驼。邓昕又咨询了别的专家，专家说这种实验不会对羊驼造成伤害。到底是什么样的生物实验呢？山西农业大学的范瑞文教授说，他们对羊驼注射的是一种蛋白质，一种抗原，不是毒素，不会对羊驼造成伤害，只是刺激羊驼机体来产生抗体，这种单域抗体在医疗上面运用范围比较广。科学研究表明，骆驼和鲨鱼是仅有的血液中含有单域抗体的生物，非常珍贵，但是骆驼因为体积太大，不好做实验，所以用羊驼。而这种抗体有利于临床医

学中疾病的诊断和治疗。了解到这些，邓昕终于同意了合作。邓昕说，现在每三周给挑选出来的公羊驼打一次针，抽一管血，一管十毫升，一个实验周期是一百天，抽血不能超过300毫升，和一个人一次献血200毫升差不太多，所以不会对羊驼造成伤害。邓昕把科研机构提供的抗原注射到羊驼体内，一个实验周期之后，再抽血提供给科研机构做研究。每次参与实验的羊驼也都会受到特殊待遇"加餐"，比如精饲料里会增加一些微量元素和补血添加剂。一只参与实验的羊驼收费6000元，有100多只羊驼参与了30多家科研机构的实验，一年下来仅此项就有200多万元的收入，其他加上羊驼毛产品、销售商品羊驼等，年销售额2000多万元。随着事业越来越红火，邓昕的社会责任感更重了，她的养殖场先后招来周边的50多位村民帮忙养羊驼，提供了就业岗位，带动他们致富。27岁时，邓昕当选为阳曲县的政协委员，也成了当地"90后"新农人的代表，新华网等都对她的事迹进行了报道。

9月26日，我们在拍摄完之后，我说这次来到太原有点遗憾，就是没去过平遥古城，因为拍摄安排得太紧了，下次有机会一定去。邓昕听到之后说，把票退了好不好，我带你去平遥古城逛一逛。我说不好吧，票都买了，回去还要赶这期节目的制作进度呢。她说下午我开车带你去逛，改晚上的票回北京就可以。看她那么坚定，我被打动了，马上退了票。我们都是行动力极强的人，在平遥古城的门口，我们却徘徊纠结了半天，不知道哪一个门能进，被一个蹬三轮的大叔带着绕了一大圈，邓昕还跟他讨价还价，活脱脱的一个小女孩。进了古城，邓昕就给我讲古城的来历，我们还买了两杯很难喝的奶茶，在城门下比心互相拍照，这时候的邓昕就像是我的一个小姐妹，可可爱爱，清新脱俗。走在平遥古城的街头，我相信没人能看出来这是一个驰骋商场近十年，拥有当时全国最大羊驼养殖基地的女老总！

有朋友说邓昕长得很像羊驼，我转告了她。邓昕听了说：我很开心别人这么说，替我谢谢你的朋友。我们发自内心地喜欢一个人，往往是这个人身上有我们的影子。我想邓昕身上的那一份勇往直前、专注执着但同时又简单直率、纯粹善良是我最欣赏的，也祝福邓昕和她的羊驼一直幸福下去，为社会贡献更多价值！

我在平遥等你

内心住了一个“小孩”的司马南老师

2013年和2014年我分别两次和司马南老师合作拍摄节目《请到北京“后花园”来》《越剧乡里趣事多》，并在央视军事农业频道（当时的CCTV-7）播出，想要看的朋友可以在百度输入“乡土”和节目名，就能看到。我俩在节目里合作搭档外景主持，珠联璧合、妙语连珠，欢声笑语，都放飞出了真实的自我，那个可爱、纯粹、本真的我。司马南老师也以俏皮幽默、自我解嘲、极富感染力的说话方式点燃现场。爆个料，他那时56岁，本来应该是世俗定义下矜持沉稳的公知形象，但是与节目中活泼俏皮、四处蹦跶的样子形成了戏剧性的反差，把他自嘲的“兴趣广泛的业余思考者”中的“兴趣广泛”和“思考者”彰显得淋漓尽致！

其实在邀请他来参与我们节目之前，我也在思考一个问题：我们就不是一个年代的人，而他又是知名学者、主持人，一起出镜主持节目，我的定位是什么？是个谦虚迎合的晚辈？还是努力拔高自己的伪学者型记者呢？这两个最终都被我

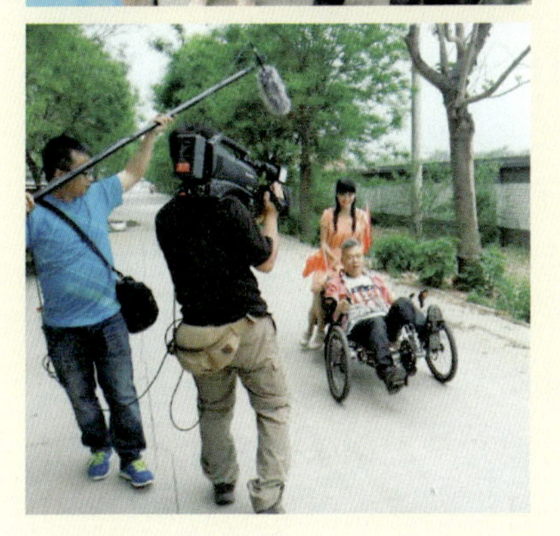

"pass"掉了，我要做一个司马老师真诚的朋友，确切地说是小朋友，一起领略人生美景的好搭档！虽然司马南老师头顶有独立学者、社会评论家、千万粉丝的网红大V、主持人、中国反伪科学代表人物等好多个耀眼的光环，但是我也不能因为他的光芒而失去自己的光芒，去谄媚讨好、胆怯卑微、瑟瑟发抖。我暗自下决心，要用自己的小智慧、小可爱和司马老师的大智慧、大风范巧妙配合、相得益彰，为观众呈现出有趣又有思想的节目！

我们拍摄《请到北京"后花园"里来》这期节目，是在2013年北京的昌平区，这次拍摄我才真切地感受到司马南老师的影响力有多大。经常在录节目的现场，被围观的游客要求合影拍照，尤其是一些六七十岁的阿姨热情拉着他的手表达仰慕之情，我笑称司马老师是"师奶杀手""中老年妇女的偶像"！整个拍摄过程，我们没有提前准备外景文字稿，全部是即兴发挥、最多提前在心里打了个腹稿，司马老师笑称自己嘴比脑子快，我觉得自己也被他传染了，从今往后，烙下了"说话不过脑子"的毛病，哈哈。其实没有文稿和串词，特别考验人现场的应变能力，我们都不喜欢"塑化"主持人语言，生动有趣是我们达成的共识。

为了吸引观众，司马老师别出心裁地把自己的一辆"躺车"，造型看起来有点滑稽，带来了现场。他躺在前面骑，我坐在后座，两人一唱一和。节目一开拍，他就解嘲自己是以一个大狗的视角，是狗眼看人高，看别人都很高。我赶忙接他的话茬：就是说你能看到别人看不到的风景是不是？他说：没错！

我们拍摄的第一个场景是"农业嘉年华"展馆现场，这里有好多智慧农业产出的特色农产品。比如两三百斤重的巨型南瓜。司马老师咬牙切齿、面目狰狞地想搬走，最终也没能搬得动。农场主说了，别说司马南一个人抱，再来四个人也是抱不动的！这超大个儿的南瓜卖十几万是没问题的！旁边的大冬瓜也有三五十斤重，司马老师调皮劲上来了，他说：我在琢磨要是把它配菜做海米冬瓜，这得多少海米？我俩都哈哈大笑起来。还有这从高架上长出来的茄子，从上面垂下来形成了别样的景观。我们真的是心有灵犀，我说，我想到了一首诗。司马老师马上说，飞流直下三千尺。我又接话茬，疑是茄子落九天！哈哈！在司马老师的建议下，我俩对着茄子一起喊了句：茄——子！很像两个铁憨憨的无厘头搞笑。

在昌平的草莓园，司马老师也不管自己是个有身份“证”的人了，不顾镜头的存在，一直埋头苦吃，按他的话说就是太好吃了。司马老师吃完还不忘请教旁边的种植户大爷：你们平时认为是长得匀称得好吃还是这种歪瓜裂枣的好吃？我马上进行了延伸：您看是他这样的更讨人喜欢？还是我这样的更讨人喜欢？话音刚落，现场哄堂大笑。司马老师说，我不是这意思。俏皮话抖一抖，其实我也知道司马南老师不是这意思，我就故意调侃他一下，为了挑话头。种植户大爷说，采摘的时候大家都喜欢摘小而匀实的草莓，就跟人找对象一样，都喜欢漂亮的对不对？司马老师很意味深长地接话茬：也有人喜欢特别的。言外之意，他这种其貌不扬的人也是很受欢迎的。大爷说：丑妻家中宝！司马老师总结陈词：怎么样？我们北京的农民有智慧吧！能把吃草莓和婚恋观联系起来，这就是我们北京文化。俩大爷在聊得津津有味时，我在一边吃得津津有味，司马老师就打趣我，这草莓皮薄，跟你一样脸皮薄！我一边吃一边说，对，好面子。殊不知这是司马老师给我下的一个套，他接着说，我看你现在脸皮一点也不薄，当着我们的面就吃，这叫脸皮厚！我不服气，不能掉进坑里，要使劲爬上来呀！马上据理力争，要赢回来！我说，我才吃了一块钱的，您都吃十块钱的了！哈哈哈，大家都开心地笑起来。

互相掐、互相损，故意制造小冲突、小矛盾，这样现场才能热闹、生动。我觉得跟司马老师一起搭档，脑子得转得飞快，要不他的梗你接不住，就会冷场，就更别说谈笑风生了。在节目中，我还出题考他，比如从我说的四个作用——明目、补血、帮助消化、治便秘，猜猜哪个是吃草莓对身体的好处？可能有人觉得这不是没大没小嘛，不能对一个专家这样，不过我觉得你越是拿对方当专家，在拍摄时就越放不开，拘谨有压力。“不将不迎、应而不藏”，只有本着平等、尊重的心，现场的气氛才会和谐、愉悦。

司马南老师是个极具“两面性”的人，对社会上一些丑恶、黑暗的人和事，比如江湖骗子之类的，就会拿出勇士的刀剑和他们抗争到底，而对于生活中的大小朋友，就会很友善、呵护、暖心，内心住着的大男孩就会随时蹦出来和大家一起快乐地玩耍。司马老师熟读诗书，在他北京南锣鼓巷八号的工作室里，书籍汗牛充栋。他特别爱读原版的司马迁的《史记》，真正去触摸古人的灵魂，并提炼出自己独到的观点和洞察。正是因为爱读《史记》，所以司马老师给自己取名司马南，其实他的原名叫“于力”，如果哪天您碰到他，叫他于老师，他会倍感亲切，疑是故人来的！从小失去父母独自抚养妹妹的司马老师，有着多舛的人生，但是天生达观的性格使得他的人生又富有了传奇色彩！回到我们拍摄的节目，如果主持人仅有俏皮、幽默是不够的，多了就成了油嘴滑舌、耍贫嘴，所以在节目中我们更能看到司马老师的睿智深刻和博古通今。

在昌平的上苑艺术家村拍摄的时候，我们来到雕塑家郑玉奎的工作室，在他的《十子闹龙舟》作品前，司马老师表达了他对作品的理解：很多人误以为所谓艺术，一定要从泥土中抽象出来拔高，然后显得和泥土没有关系，才会是纯粹的艺术家。但是这个作品恰恰充满了泥土味儿，你看，村里那些20世纪五六十年代的孩子都这样，是画家的主观表达，通过这些孩子的形象表达了出来，所以这里面充满了童趣。在看到另外一件雕塑作品时，司马老师指着小男孩穿的缅裆裤，说这是三四十年代在农村才会有的，还在现场比画缅裆裤怎么系，看来他小时候穿过。而郑玉奎老师是六十年代生人，二人相见恨晚的知遇感一下子迸发了，聊得火热。在装置艺

术家李向明的工作室，我们看到了他从大别山老区的犄角旮旯收来老乡的好多破布料、破棉袄、带补丁的棉被、床单、麻袋等老旧物件，经过艺术化处理，把它做在画布上。司马老师看到的第一眼就说："我一拿起这个我就想唱歌，人家的闺女有花戴……"他低沉地唱起了"杨白劳"，我马上就在旁边比划成喜儿，一唱一和，把一旁的艺术家老师也逗乐了。司马老师即兴发挥："电视机前的观众我提醒你，大艺术家把这样一些旧的布料、补丁变成了艺术作品，是他了不起的地方，但是你们家里那破东西值钱，你知道吗？"我马上补充："要高价卖给他哦。"大家又乐起来，巧妙地化解了一些过于沉重的话题，采访达到了老少皆宜的效果。

艺术家李向明：当我走进太行山，发现农民手中还有着这样一些东西的时候，使我回忆起半个世纪之前的生活，农业社会遗留下来的这种遗留物，承载着一种信息，打动我。

毛竞杨：我觉得这个补丁上面还冒着油渍是不是，补丁的主人经常会去烧火、做饭，身上油光可鉴，烟熏火燎，每一个补丁都有一个故事。

司马南：人间烟火的味道，有沧桑岁月的感觉，不仅仅是肌理和材料。

毛竞杨：这里有姥姥的故事，家里的这些代代相传的故事。

司马南：对很多人来说，这可能是我小时候的布料，这是我妈结婚的袄，这是我姥姥穿过的衣服，那边是我爹戴过的毡帽……

毛竞杨：一家人的记忆，都在这块画布上了。

司马南：就丰富了。

三天拍摄下来，我和司马老师配合得越来越默契，原因是什么呢？我个人认为，我们年轻一点的记者不要和大师去聊他特别精通、擅长的领域，比如司马老师博闻强识政治、历史领域，因为在这个领域他是时刻碾压我的，在他面前我几乎没有发言权，所以我们要去他喜欢但也不是那么精通的领域里另辟蹊径，这样我们就能在共同感兴趣的领域里相对平等地相互探讨、互相深度兼容。我们不必因为谁而隐藏自己的光芒，更不必去追随其光芒，我们要让自己活成一道光！

在节目的最后，我们又来到了世界级文化遗产地——昌平的明十三陵，这里有保存完好的明成祖朱棣的陵寝，这里的材料是名贵的金丝楠木，堪称古建瑰宝。里面出土的凤冠霞帔和金银器皿珍贵文物多达3000件，整个陵区殿宇辉煌、气势恢宏。走在城墙脚下，我们都感叹时光荏苒、岁月如梭，即兴脱口而出的话升华了节目，凝练了主题，让人回味。

毛竞杨：我看到这些皇帝的灵柩之后，我觉得现在躺下的人都曾经站立过，而我们现在站立的人都终将躺下，当我们生命终结的那一刻，我觉得生命其实是平等的，不管你是皇帝还是老百姓，到那个时候人的思想、灵魂都是平等的，也没有高低贵贱之分。

司马南：说的没错，我觉得毛毛做完这期节目，已经变成哲学家了。在死亡面前的确是平等的，我们也明明知道，我们未来的命运是一样的，变成一抔黄土，但是我们却在短暂的有限的生命当中，去创造、去抗争、去努力、去学习，要让自己的生命变得丰富，人生变得幸福。

2013年5月，我和司马南老师初次合作拍摄节目，快乐轻松、默契融洽，回去之后节目播出取得了不俗的收视率，在6月栏目20多期节目里收视率名列前茅，有4000多万的观众收看，也收到了频道一些专业老师的好评，可以说司马南老师的社会影响力对拉升这期节目的收视率起到了关键作用。2014年6月，我再次邀请司马南老师来到浙江的嵊州一起拍摄了《越剧乡里趣事多》这期节目。在节目的开头，我们一起逛游王羲之故里，解读王羲之的《兰亭集序》的书法风格，“神交”书圣，司马老师不由的兴趣盎然，现场挥毫泼墨，写了《惠泽方海》《华堂古村》《晋圣遗风》等三幅书法作品，雅致飘逸。

到2023年我们相识也有十年多了，司马南老师先后赠送了我四幅书法作品。他的小楷功底深厚，遒劲刚健、疏朗有致，还透着一种傲骨，曾拍卖出不菲价格。其中书法作品《长恨歌》是2022年赠与我，是司马老师的用心之作，840字的千古绝唱，一气呵成。而我最喜欢司马老师的《卜算子·咏梅》，2013年春赠送的，落款是“敬录毛主席词卜算子咏梅寄赠主席同乡小女毛毛竞杨姑娘”，好亲切！其中的“已是悬崖百丈冰，犹有花枝俏”直击我的心灵，而“俏也不争春，只把春来报，待到山花烂漫时，她在丛中笑”更成为我追求的人生境界！这两幅作品我都精心装裱后，挂在客厅和书房，陪伴我岁岁年年。每次看到司马老师戴着眼镜全身心地投入写字，我既感动又心疼，年岁逐增，他说自己的手力没有以前好了，有点抖了，写出来的字也不太满意，但是在我看来，司马老师的斗士精神总能力透纸背！

书法，很多人比不过司马老师，但是在接下来的拍摄场景里，这些人个个都能完胜他，嵊州的三位根雕老师！我们要进行一场根雕技艺的现场PK！还没等我介绍，司马老师就自我解嘲：“我是参加当地根雕艺术培训的第一期的年纪最大的学员！”大家都乐得前仰后合。我补了一刀：“鱼目混珠进来的。”游戏规则是在最短的时间内，四个人要分别把四块破烂流丢的朽木雕出自己的理想型，看谁雕得又快又好！司马老师手快，

抢了块最大的古沉木，因为在水底下埋了很多年，像石头一样，密度很大，非常硬。他说，古人说朽木不可雕也，现在朽木诚可雕也。点木成金，化腐朽为神奇！

比拼开始了，其他三位老师因为都有多年的木雕技艺做铺垫，出手专业又熟练，不用担心，所以我就把焦点放在司马老师身上，不知他又要玩出什么新花样，一定不会让人失望！司马老师对着我们的镜头开始侃侃而谈：在木雕当中很少雕犬的，哮天犬更是少见，现在它直接立起来，你看颈部、嘴的部分、耳朵，哮天犬我说说可以，但我没有办法把它做出来。哈哈，司马老师用嘴给我们画着大饼，我们很努力地把木头跟他描绘的哮天犬联想到一起，但是太抽象了。木头基本下不了手，也不知从哪下手，司马老师艰难地抡着斧头，颇有劈柴的架势，手很不听使唤，困惑了半天。不过司马老师很快清醒认识到：嘴能补拙。他又对着镜头发表感言：有一个收获，愿意说给观众朋友，那就是即便什么都没雕出来，只要你每天坚持这样做，你的臂力会增加的，锻炼身体的效果很好！哈哈！旁边的老师们一边雕一边笑。

他继续着自己的单口表演：我做完了之后呀，很可能大家会感到惊讶，这什么作品呀？怎么哪也没有改变呀？对了，没有改变就是一个改变，没有改变的改变说明什么呢？说明我们崇尚自然，我们反对一切人工雕琢的痕迹，没有改变的改变就是这个柴火原来是柴火，经过我的打磨和雕琢，还是一根柴火。

怎么样，司马老师这快板书一样的即兴表达，是不是貌似很有说服力？有点PUA的嫌疑吧？硬是把自己的“不会”演绎拔高成了崇尚自然

的典范！千万别觉得司马老师的动手能力差，关键看什么方面了，比如书法，他在行；做饭，就更在行了！他每天在朋友圈晒早餐，快成了“晒饭狂魔”！365天都没有重样的，食材都是养生的五谷杂粮、蔬菜瓜果，搭配精致，而且每一盘都造型别致，有时候是西红柿、苹果做成的鲜花，有时候是自己烤制的蛋挞，小南瓜蒸蛋羹、酸辣汤、酸菜丸子等，极富创意，在饭店是看不到吃不到的，看得人“羡慕嫉妒恨”。我酸溜溜地说：司马老师你是不是有什么把柄抓在太太手里呀？这么“殷勤”给家人做早餐。司马老师风趣地回答：哈哈，被毛毛看出来了。其实早些年司马老师常年在外奔波，讲学、参与社会活动，甚至是被对手密谋伤害，一直过着坎坷、紧张的生活，为了最好地保护家人，他经常独自外出行动，甚至家人也不知道他在哪。这几年情况好转，为了弥补内心的亏欠，给家人力所能及的温暖和爱，他在用实际行动表忠心吧！

再说回来，被誉为“浙江三雕”的嵊州木雕，已经有1000多年的历史了，从清代起，这里就有上百名的能工巧匠进京修缮宫殿，为皇家制作宫灯、龙船、家居用品等。和东阳木雕相比，嵊州木雕的优势在于它的仿古技艺取材中国传统文化，怀旧中透着一股书卷气。出现在我们节目里的这三位木雕工艺老师，就是老、中、青的传承人代表，他们根据木材的天然特性，再注入自己的意念和审美，分别雕出了“曹雪芹冥思苦想”“娇羞的丝巾女人”以及“九旬渔翁”的神态轮廓。专家说了，木雕贵在似与不似之间，无需太完整，把大自然几千年造化的自然美与人

工美和传统文化结合得好的，就是极品。和专业老师比，司马老师也不甘示弱，作品不行，咱口才必须完胜吧？拿着自己的“四不像”木雕，他说，如果一个材料只能雕一个东西，说明你想象力不行，根据我的研究，倒过来，我的作品就可以叫金华火腿，或者干脆就直接命名为肘子，红烧肘子！我接了话茬，司马老师的刀工我不作评价，但是我觉得司马老师是木雕师傅里口才最好的。术业有专攻，第一次动手做木雕的司马老师最起码架势不输人，思想上更表现出了他对木雕艺术的“不凡理解力”，必须赞！

嵊州木雕声名在外，而这里更是越剧的发源地。越剧的前身是嵊州农村的“落地唱书”，发展一百多年了。这里女生反串小生、丑和老生，扮相都俊美清新，连我一个女生看了都会心动，五岁小娃娃扮演的风流才子唐伯虎又萌又专业，一招一式都是唐伯虎的Q版，看得只想让人亲上一口。司马老师和我也心里痒痒的，跃跃欲试。最后在我们的强烈要求下，越剧学校老师王学飞帮我们也扮上了梁山伯和祝英台，一个潇洒俊朗，一个妩媚娇俏，虽然唱不了黄鹂般婉转的越剧，但是我们说出了内心的感慨。司马老师说，我最大的感受是作为越剧的发源地，嵊州的确是名不虚传，从一帮的年轻人到幼儿园的娃娃，都是老戏骨、小戏骨，

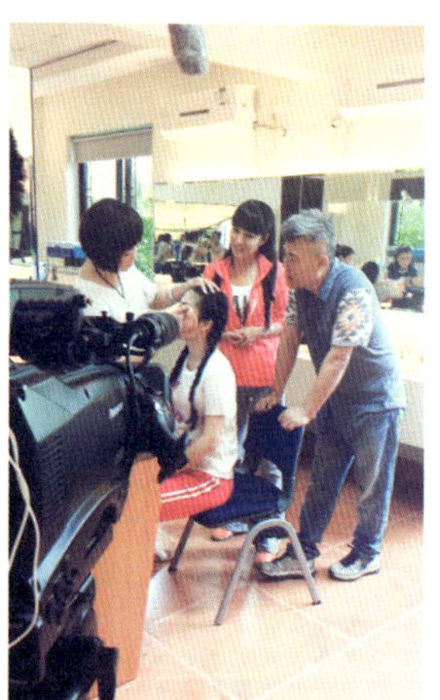

手眼身法步，说来就来。我说，中国古典戏曲把现代女孩子阴柔的一面，含蓄的一面，或者是内敛的一面都释放出来了。

每次和优秀杰出的人物打交道之前，我习惯先撕去大众或社会赋予他的标签符号，我要用自己的眼睛去观察，用心去感受他到底是一个怎样的人。不被世俗裹挟。而这样通常就会有新的发现。我会尽量挖掘他不被人知道或理解的那一面，或可爱或简单或憨傻或纯真，就是知世故而不世故的“出世”的那一面，我觉得在那一面里交流起来是最舒服、快乐的。这就需要耐心、真心，需要岁月的沉淀和累积，直到有一天你会发现你们是同道中人。

我和司马老师认识13年了，前两年我生日聚会邀请他，他因故没能来参加，还发来了祝贺的视频，说我美丽大方、热辣、书卷气，相当独立、十分优秀，片子做得好……这些溢美之词虽然言过其实，听得让人脸红，不过让人很乐意接受。他还开玩笑地说，对毛毛的评价，未来的历史学家也许会这么写：21世纪中国中央电视台最杰出的女记者；我最不希望听到的是：毛毛是引领独身主义潮流的代表性人物……哈哈，司马老师啥时都不忘调侃，他不止一次地问我：啥时能主持闺女我的婚礼？我也顽皮地说：你这辈子还能等到吗？我俩一见面就会互相“掐”一下，互怼一下，但是又快乐无比，这里面有司马老师老父亲般的慈爱、包容，还有一丝纵容、无奈。

记得两年前和司马老师在天津参加完共青团中央的活动，他坐我的顺风车回京，我听他说起年少时懵懂的酸涩故事，追忆青春岁月的感伤。没有想到这么一个外人看来铁骨铮铮的汉子也有如此柔情、痴情的一面。他还在车里朗诵了唐寅的《桃花庵歌》，尽管只有我一个听众，但是也朗诵的韵味十足。“桃花仙人种桃树，又折花枝当酒钱。酒醒只在花前坐，酒醉还需花下眠。花前花后日复日，酒醉酒醒年复年。”司马老师感叹，功名利禄都会归于尘寂，唐寅早就看穿，种一片桃树，寄托人生理想，这是很高的境界，怡然自得。人生是如此短暂，需回归生命本真，问问自己到底需要什么。“世人笑我忒疯癫，我笑世人看不穿”我觉得这就是司马老师的大智慧吧，和光同尘，众妙会心，这一生能认识司马老师，何等的幸运，刻骨铭心！

小学毕业却有大智慧的“大衣哥”朱之文

我和“大衣哥”认识也快有十年了，2013年年底，我们合作拍摄了《乡土》栏目《记忆中的味道》节目，寒风料峭，在他的老家山东菏泽单县，他带领我们去尝一口地道的单县羊肉汤。我从小就不吃羊肉，但是为了拍摄节目也豁出去了。在人们的印象中，“大衣哥”是穿着一身破旧的军大衣，一个农民老大哥的纯朴憨厚的形象，却凭着一副纯天然、极具磁性的嗓子横空出世在各类选秀的舞台走红。就像一台拖拉机的外壳却有着法拉利的内核一样让人惊艳，“大衣哥”的走红是个奇迹，在2010年前后，国内真人秀节目如浪潮扑面而来，一大批“草根”明星被时代的浪潮推到了观众面前。“大衣哥”无疑是幸运的。和很多人一样，我也好奇这个只有小学文化的“土掉渣”、没背景没后台的农民大哥，怎么就凭着一己之力红透全国的半边天的？

因为节目要在春节前后播出，所以需要一个喜庆点的开场。我们就找了一片田地做外景，我把写好的开场词给“大衣哥”看，他带着山东口音说，毛老师，我小学文化，不怎么识字，你念给我听吧。我有点意外，不过尊重他，就给他念了一遍，谁知道，就是这一遍，他就牢牢记住了，我俩录的时候居然一次就过了，“大衣哥”一个磕绊也没打，特别丝滑地说下来。我很惊讶，“大衣哥”这么聪明？暗自感叹，人的文化知识有时候和智商真的没有关系！我也见过有些专业艺术院校毕业的当红明星，我们给她举着台词稿，她对着镜头说了十几遍都不顺溜，简直是天壤之别。

单县的羊汤挺有名气，“大衣哥”就带领我们来到村口的一家羊肉汤馆。来喝羊汤的都是街坊邻居，有一些是看着“大衣哥”长大的，“大衣哥”特别尊敬他们。“大衣哥”说到这羊肉汤头头是道，他说，这羊汤有红色的，有白色的，自己从小过惯了苦日子，常年见不着荤腥，能喝上一碗羊汤根本就是奢望。而过年能喝上羊汤，就说明这个年过得美满如意，没有缺憾。过节的时候想喝羊汤，没钱怎么办？卖点粮食，借点儿钱，再称点羊肉，满足一下年终的心愿。不过现在日子富裕多了，不光天天能喝上，而且还能请乡亲们喝，特别有面儿。“大衣哥”私下跟我说，自从他火了以后，村里的邻居们开始对他另眼相看，各种麻烦也来了，羡慕嫉妒恨就太常见了，都觉得他挣钱多，为啥不帮着村子多做好事。“大衣哥”也很理解，不光自己出钱为村里修了新的马路，而且平时演出完回到村里也很低调，“大门不出二门不迈”，就是干点庄稼地的农活。可是就这，家门口也经常被来参观的人围得水泄不通。拍摄时“大

衣哥”跟在场的几十位老乡说，今天的羊汤他请客，都随便喝！大家心安理得地喝着，“大衣哥”看上去很满足。

“大衣哥”边喝着拌了辣椒的羊汤边说，我走遍大江南北，那地羊肉汤，这地羊肉汤，哪儿的都不行，就我们朱楼村的羊肉汤好喝，辣椒油是红的，过年了就要吃这个红红火火。我就接着他的话说，其实我觉得这个羊肉汤在您心目中，可能就是亲情的味道是不是？“大衣哥”忙点头。我又问他，那您小时候喝的羊肉汤也是这样？还是用料没有这么丰富？“大衣哥”说，都是这样的，没有改变。你比如说现在条件好了，能称200元钱的羊肉，500元钱的羊肉，过去条件不好，都是我们家如果做了羊肉汤，你们家还没做，我就盛一碗给你送过去，请你先尝尝，到时候我们家吃完了，你们家又做了，又该给我们家送一碗两碗的，我们再尝尝。朱大哥说的就是农村街坊融洽的邻里关系了，可以说是他的小时候，或者说是没成名的时候，大家都一样穷的时候，怕就怕曾经和你一个水平线的人，突然出名了，暴富了，那心里的落差感就失衡了。

朱大哥的嗓门是真好，洪亮高亢，不用戴胸麦，声音就能传得很远，就像一个大音箱在你的耳边发声，耳膜会被震得直痒痒，天生一副好嗓子，这就是通常说的老天爷赏饭吃吧。为了让乡亲们乐呵乐呵，朱大哥还唱起了“骏马奔驰在辽阔的草原”这首歌，手捧着热气腾腾的羊汤，听着被街坊们唤作“朱老三”的嘹亮歌声，确实享受。朱大哥本是个穷苦孩子出身，小学没毕业就辍学了。后来因为家里穷，连媳妇也娶不上，一直到了三十多岁，才和现在的妻子认识，虽然对方有过婚姻，但是对于朱大哥来说，未来的日子里，有个知冷知热的人就很知足了。而妻子也不嫌弃朱大哥穷，俩人一起过起了清贫但是温暖的小日子。朱大哥爱唱歌是从少年时期就有的，他干完农活，就在庄稼地里练声，按他自己的话说都练了20多年了，但是他从来没有想过要给人表演，他觉得能唱

好听，自己喜欢就可以了。

四十来岁时，一个偶然的契机，也可以说是命中注定，朱大哥在选秀中爆红，各种媒体、各种诱惑接踵而至，但是朱大哥始终很清醒，因为他这个时候已经“四十不惑”了，一直保持着谦虚低调，有时候甚至谦虚得让人生气，比如他经常挂在嘴边的话就是：毛老师，你看我这个人一事无成，我……。我就会跟他说：你再这么说就跟你绝交！明明现在成了众人瞩目的明星，还要这么谦卑说话，在有些人看来是不是就很虚伪了？不过跟朱大哥接触多了你就会发现，他不是装的，他是真的任何时候都保持着一份谦卑和虔诚，因为他太知道今天的荣耀和物质上的富足来得有多么的不容易，他特别珍惜！吃了四十多年的苦，虽然如今他挣到了很多人几辈子都挣不来的钱，但是生活中他还保持着清贫时期的生活习惯，手机用的是几百块钱一个的老人机，没买车，来北京都是住小旅馆，衣服穿戴都还是便宜的地摊货，除了站在舞台上的时候闪闪发光，生活中他就还是个地道的农民大哥！歌德说过，没有在深夜里痛哭过的人不足以谈人生。我想“大衣哥”就是那个曾经被生活毒打过的人，深深知道生活的本真以及自己到底需要什么！

朱大哥经常在外演出，女粉丝也特别多，很多都经常堵在宾馆门口，

只为了跟他相见倾诉爱慕之情，但是朱大哥一概拒绝，因为他知道，他们喜欢的是现在成名了的自己，戴着光环的自己，而不是真实的四十岁之前种地的自己。朱大哥说自己在最穷的时候，妻子对他那么好，现在自己出名了就抛弃人家，那就不是人做的事，不能那样。朱大哥有着最朴素最单纯最正直的三观，所以纵然他一夜成名，他也承受得起这些名气和财富，不会飘飘然、忘乎所以。不管是年少成名还是中年成名，经受不住诱惑而知法犯法，遭受牢狱之灾的例子很多，但是像朱大哥这样的人间清醒，注定人生一直开挂！

在拍摄节目时，朱大哥特别认真好学，羊汤中都要放入哪些食材调料，他都要摸得清清楚楚，比如桂皮、白果、良姜、丁香、花椒、肉桂、草果。当然除了朱大哥介绍的这些，还有秘密配方，熬制的人死活也不肯透露，那就留点遗憾吧。羊肉汤温补肾阳，单县当地的老人家都爱喝，这里也是有名的长寿之乡。

2017年8月栏目组在安徽省阜南县录制《乡土中国行——走进阜南》的晚会，受我的邀请，朱大哥和我一起主持了这台晚会，从走台到录制结束，下了一天的雨，我们被浇得那叫一个惨，礼服裙湿透了，人也瑟瑟发抖，脸上的妆也早就成了泥一样的，现场的观众都披着雨衣打着伞。不过我们的热情一直没减，虽然朱大哥看不了稿子，也不会背唐诗宋词，但是他的人气却很旺！说着最接地气的话，有着最真诚的态度，我们配合得很默契，我还时不时地调侃他一下，他都快乐地接受，珠联璧合，心有灵犀。

朱大哥这些年和中央电视台农业频道合作很多，算是农民的形象代言人，他的爆红经历很励志也很传奇，可以借鉴但是无法复制。时代是无形的推手，当机会来了，你有没有能力抓住那个机会？分得时代的一波红利？我想“大衣哥”就用他的大智慧，抓住了人生最宝贵的一次机会——那次选秀节目，并站在时代的风口——草根明星的崛起，最大程度地享受了时代带给他的红利——名利财富，但是他优秀的品质和真诚正直的精神内核，让他的歌唱生涯一直持续到现在，而且还会坚定地走下去。

天堂里的靳勒老师和他的石节子艺术村

靳勒老师离世已经两年了。2021年的1月2日，他还在朋友圈发视频祝福大家新年快乐，说，我是靳勒“村长”……可是仅在9天之后，也就是1月11日，他的家人就发布了他溘然离世的讣告，终年56岁，很震惊和意外。自称“村长”的靳勒老师其实是西北师范大学美术学院副教授，石节子美术馆馆长，石节子村“村长”。2017年我受靳勒老师和秦安县委宣传部之邀去拍摄《探秘秦安》节目，至今都记得他说的那句话：我做“石节子艺术村”就是为了让村民们活得有尊严。2019年3月，靳勒老师来北京世纪坛参加中国艺术乡村建设展，我去看望他，村子里熟悉的雕塑作品和场景被搬到了北京并呈现出来，我们聊了一会，合了影，走的时候靳勒老师说，我也没给你带礼物，送你一个石节子村的大苹果。这个大苹果不夸张地说有我两个拳头大，都快一斤了吧，我很喜欢。

在靳勒老师眼里我可能还是个小朋友，还需要拿苹果哄一哄。在回

去的车上，我想大苹果如果放干了多可惜，这么诱人，尝尝看好吃不？我就费了很大劲把大苹果吃完了，口感比较绵，好撑啊，吃了个肚儿圆。所以以后每次想到靳勒老师，就想起了那个大苹果，因为那里面有靳勒老师一丝丝的疼爱吧。

《探秘秦安》这期节目，在审查过程中，受到了很大的争议。据说节目监控部的老师们刚看了几分钟就想把它给毙掉，觉得和栏目定位不符，可是再继续往下看，又觉得是一期非常不错的节目。可能跟我提前设置的悬念有关吧，悬念揭开前看得人一头雾水，揭开后茅塞顿开。拍摄前，我和靳勒老师商量好，要有一次特别的行动，而这次行动类似于真人秀，一切以真实发生为前提。拍摄前一天的晚上，我一再叮嘱靳勒老师，不能跟村民们说啊，一定不能说！靳勒老师很认真地回答，我不说，你放心！事实证明，靳勒老师重承诺，尊重我们的拍摄，确实没说。第二天一大早，我们就来到了石节子村，一个黄土高坡上的小村庄，仅有13户人家，我们要在靳勒老师的带领下，来一次特殊的行动！

对于我们的“突袭”这些村民会接受还是拒绝呢？我们先来到了孙银银家，说想要看看他家的保险柜，大叔很爽快地答应了，打开给我们看，省农村信用社的社保卡、身份证、户口本、存折等，看来这些东西就是孙大叔心中最珍贵的东西，保险柜放在家两年多了，从来不打开给外人看，今天是第一回。靳勒老师说他也没想到孙大叔有这么多存折。我们都笑了，孙大叔也腼腆地笑了。如此偏远的小山村，孙大叔家为啥会有保险柜呢？而且这么秘密的东西，为啥大叔愿意展示给我们看呢？

我们又来到一位大娘家，她也同意打开保险柜给我们看，是一些金戒指、银手镯首饰之类的，是孩子买的，放在保险柜里没舍得戴，因为经常干活做家务不方便戴。在靳勒老师的带领下，我们走访了第三家，大娘保险柜里放的是20世纪60年代的第三套人民币，有50年了，珍藏版的人民币。第四家我们来到了靳勒老师的爸爸妈妈家，父亲靳海禄说，儿子都不知道自己的保险柜里放的什么东西。我就顺势问靳勒老师，保险柜里可能会是什么？他说，可能会是一些证件吧。当我们打开之后，很意外，看到里面放了几沓厚厚的钱，大概有三五万块，靳叔赶紧解释说，这是公账，家里人都不知道，只有他自己知道。靳勒的父亲是村里的会计，所以放公款也是情理之中。

看到这儿可能有人好奇，村民们都这么信任我们吗？连保险柜这么隐私的物品都能给我们看，而且这么偏远的小山村，为什么家家都会有保险柜呢？除了柜里的这些医保卡、现金、首饰，我们还能有哪些意外发现呢？在另外一个大娘家的保险柜里，我们看到了她买给小孙子的玩具，一个崭新的红色小灯笼，她说，小孙子五岁了，跟着爸爸妈妈去青海了，这是小孙子过年回来玩的玩具，大娘没舍得丢，放在保险柜里，等着小孙子回来再接着玩。虽然小灯笼值不了几块钱，但是大娘很稀罕，因为看到它就看到了宝贝小孙子。我们来到了一个有点龅牙的大娘家里，她从保险柜里拿出来一瓶陈年的茅台酒，拿牛皮纸包着，我说，这瓶酒您打算什么时候喝？她说，等我儿子结婚。我说，您儿子什么时候结婚？她说，他还没对象呢。我们都笑起来。看来对于这位大娘来说，儿子的终身大事是最重要的。大娘说等儿子结婚的时候，就把酒打开。这瓶酒实在承载了大娘好重的期望。这小小的保险柜承载了家人的爱和牵挂。在另外几位村民家的保险柜里，我们还发现了一些画册。我问了其中一位大姐，您看得懂吗？大姐说，看不懂，不识字。虽然大姐看不懂，但是对于她来说很珍贵，要保存起来。后来才知道这些画册是他们出国参加艺术展的纪念品。一位大娘正在劈柴，看到我们来拍摄，也大方地把保险柜打开，里面是家里老伴过世的礼簿，上面有来参加葬礼的亲友随的礼钱记录，这是当地的风俗，将来还礼用。我们还看到了她老伴曾经用过的一部老旧手机，是老人的孙子给买的，平时都舍不得用，大娘说着就掉下眼泪了，看着我们的镜头，她很茫然，我们不知该

怎么安慰她，因为她心里的痛别人是无法体会的。我的眼睛也湿湿的，老人家还给我们看了老伴没舍得吃的雪莲、人参，都放在保险柜里。这时我才意识到让大娘打开保险柜是一件挺残忍的事情，又把她心里的伤疤撕扯一次。

一个浅灰色的小小保险箱，带出来这么多的人生故事，悲欢离合，这是我们预料之外的，在一个偏远的小山村，家家都拥有这装满故事的小铁柜，难道仅仅是巧合？靳勒老师这时才为我们揭开了秘密。他说，保险箱其实是艺术作品。2015年5月15日，他跟“造空间”的负责人——艺术家琴噶和村民一起作为发起人，发起的一个叫“一起飞”石节子村艺术实践的项目。这次活动邀请了25位艺术家跟25位村民，进行一对一的交流和沟通。原来这13户人家的保险箱是一位当代艺术家的装置作品《预言》。可能有人要问了，什么是装置作品？简单来说就是场地+材料+情感的综合展示艺术。在这个作品里，石节子村村民家里就是场地，材料就是保险箱，而情感就是因保险箱而生发出来的各种人生故事，再普通不过的保险箱，在艺术家的创作中，演绎出了新的精神意蕴，让人思考和回味。艺术家自己设想这个作品跟村民发生一种关系，让它像一个预言一样：到底村民如何去使用它，怎样去看待他自身的所谓珍贵的一些东西，或者是他认为什么是最重要的。这小小的保险箱，不光折射出了村民心中最珍贵的印记，而且随着岁月的更迭，箱子里的物件也会随之发生变化，而这种变化的不可知性，也许就是村民内心世界变化的真实写照，这就是作品本身的魅力吧！

靳勒老师说，让这个村庄跟艺术发生一种关系，把这个村庄当成

一个美术馆，这里的山，这里的水，这里的树木，包括这里的土建筑，这里的家禽，甚至是飞鸟，都是美术馆的一部分，每年村民们都会不定期地在靳勒“村长”的带领下，去做一些艺术活动。您可别小看这“柴门闻犬吠”的石节子村，这里的大叔大婶们可都是见过世面的人。

从10年前开始，他们不光参加过国内国际的很多艺术展，而且很多艺术家都曾经来到这里创作写生，所以称石节子村为艺术村庄实至名归。安静淳朴的村子里有随处可见的艺术作品，艺术让这个村庄的气质悄然发生着变化。在村子的两处低矮的山坡之间，我们看到一根斜拉的钢丝绳，上悬挂着一辆20世纪80年代的自行车。这个装置作品很酷，也很显眼，每一个进到村子里的人都能看到。靳勒老师说，石节子村地势都是台阶状的由低到高，从底下走到上面特别累，所以艺术家就有一个想法：如果有一个电动的绳索，把自行车一骑，就轻轻松松地上来了，这是艺术家特别理想化的一个思路。艺术家没有能力实现，只能把理念放在这儿。看到这个作品，我们觉得特别有想象力，表达了艺术家的一种情怀吧。

我们又来到了一个大透明玻璃房里面，透过玻璃我们能看到外面黄土高坡的山峦起伏一览无余。在深沉厚重的黄土高坡上，矗立着这样一座玻璃房，您觉得它会有什么用呢？阳光房？还是……猜来猜去，您可能无法想象，它居然是一个厕所！这是中国和外国的两位艺术家一起，向德国大使馆申请赞助的旱厕改造项目。行走在阡陌村庄这么多年，这是我见过的最独特的一个卫生间了。当你在蹲着解内急的时候，同时可以欣赏到外面的风景，这就是不一样的人生美好体验。这么干净的玻璃房，完全不像厕所，跟自然和谐融入。

村里还有中国美术学院师生的作品《石中河》，学生把瓦片用支起的铁架沿着山势连起来，来的游客把喝剩的矿泉水倒进去，这样汇集的水就能灌溉到田里，给干涸的土地带来一丝滋润。

10多年了，靳勒老师全身心地在帮助石节子村的老乡们，艺术究竟能不能给家乡的父老乡亲带来改变？艺术也许不能立竿见影地让老乡富裕起来，但是参与艺术活动，能让老乡们更加自信，也让阳春白雪的当代艺术回到村庄和大自然。村民和艺术家、村庄和艺术，在石节子村发生着美妙的交融和变化。靳勒老师说，这么多年，村民至少看到了这么多的艺术家，看到这么多的大学教授，还有媒体人，关注石节子村的好多朋友。这些给村民带来了自信，让村民感受到了美好。今天的艺术是共享的，艺术家把艺术通俗化，甚至是思考了好多问题，让所有的人都能看得懂并参与其中，这是艺术最有魅力的地方。石节子艺术村离秦安县城有十公里。素有“羲里娲乡”的秦安县，有8000年历史的大地湾人类文明遗址，还有仰韶文化、马家窑文化、齐家文化等新石器时代遗址70多处。

回溯靳勒老师2007年带领石节子四位村民，前往德国参与卡塞尔文献展，2008年石节子村民全票选他为“村长”。2009年，靳勒把工作室搬回石节子，他也从一名当代雕塑家，转型为带领全体村民以当代艺术建设家乡自强自救的领路人，成为一个把艺术带入贫困乡村的探索者。从此，以石节子十三户村民命名的美术馆，成为独一无二的美术馆和艺术模式。整个村庄的山水、田园、植被、院落、家禽、农具日用品以及村民的构成都是美术馆的展品，这是一个沐浴着阳光与雨水的美术馆，村民与艺术家的交流带来了碰撞，更多的人因为艺术的魅力走进村庄，发现村庄。

靳勒老师曾说：每个人都是伟大的！也就是信奉着这样的理念，在石节子村土生土长的靳勒老师，让生于黄土高坡，几乎一辈子都没有机会去看外面世界的村民，实实在在感受到了人世间的美好，在每一次和艺术发生关系的活动中，卑微的灵魂找到了尊严、自信。再看现在，名目繁多地打着"艺术赋能乡村、艺术走进乡村、艺术回到乡村"口号的案例，很多是"挂羊头卖狗肉"、硬性嫁接、生搬硬套，除了卖产品、"吸睛"和"吸金"等肤浅庸俗的功能，实在找不出更多用处了。艺术究竟怎样才能扎根乡村，为乡村带来本质的改变，唤起村民思想上的觉醒，这是需要我们社会认真思考的命题。

靳勒"村长"已逝，幽思长存。希望远在天堂的靳勒老师，在天国里也能建起一座他理想的艺术村，艺术理想永存！谨以此文缅怀可敬可爱的靳勒老师！是为记。

爸爸 您在天堂还好吗？

爸爸离开我整整13年了。2011年的2月27日，那时的我正在湖南郴州拍摄，也是我到《乡土》栏目的第三年，事业正在爬坡期，拼命想做出成绩的阶段。过年期间，我就守在爸爸的病床前，当我看到CT片上脑部布满了密密麻麻的白色小点，那是转移的癌细胞，小细胞肺癌。医生告诉我们，还剩一两个月的时间，我听着时，脑子空空的。从那以后，我每天都在爸爸耳边跟他说很多话，怕他睡过去就再也听不到了。跟爸爸说这些年他没在我身边的日子，受的委屈、挫折，思念，还有曾经的误会、不解，都是埋藏在内心深处很多年的话，我不知道爸爸听清楚了没，我觉得他是听进去了的。住院的几个月里，他的病友换了好几个，都是被推走的，提前离去了。我快要崩溃了，生命就如此脆弱、无常吗？后来爸爸回到了家，我们姐妹和妈妈希望他能在家里安静地和这个世界告别，而不是在冰冷的医院。我不知道哪天醒来就再也没有爸爸了，想到这就特别害怕，我实在受不了，看着他一天天褪去的精气神，一天天的像即将熄灭的蜡烛，我不敢想象这一天的到来，

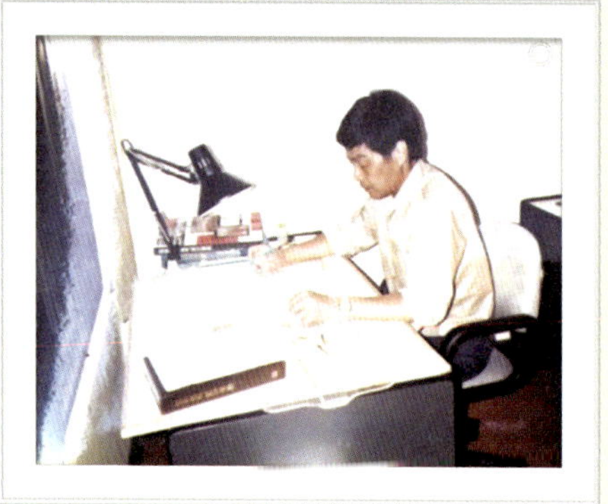

我真的没有勇气面对，完全承受不住了！对，我很脆弱，完全没有那么坚强！我对妈妈说，我想回北京工作。妈妈同意了，也许她觉得只能自己一人来承受这些吧。回到北京，栏目领导很意外，不照顾生病的父亲，回北京来干嘛呢？可是又有谁能理解我内心深处的恐惧和无助呢？我非常焦虑不安地报选题、出差，在湖南郴州拍摄期间，每天好几个电话给妈妈，询问爸爸的情况。可是那几天当地天天下雨，本来一周就可以结束的拍摄，一直拍了十三四天。我说，爸爸一定要等我拍完了回去看他。妈妈说，他会等你的。3月1日，收到妈妈的信息：生为过客，死为归人。那时还有点幼稚，我没完全理解这句话的真正含义，也没想太多。那几天我想好了，拍完了回去就一定守在爸爸床前，再也不离开，我决定不逃避了，勇敢地面对这一切，要给予他我的温暖。3月10日，当我拍摄完拖着大箱子回到家时，看到爸爸曾经躺过的床已经空了，我问，爸爸呢？妈妈说，走了一个多星期了……我才知道妈妈为了不影响我的工作，一直瞒着我爸爸去世的消息。我才知道，妈妈发“生为过客，死为归人”信息的那一天，是爸爸离世的日子。我强忍着痛苦，跑到阳台一个人号啕大哭…… 我知道，在爸爸生命的弥留之际，我没能守候着他，这是我一生中最后悔、最愧疚的事。

爸爸，毛绪勇，湖南常德人，20世纪毕业于华中理工大学（现华中科技大学）的无线电雷达专业，是叔叔姑姑们口中的学霸，上小学还跳了一级，没有太费力就考上了名牌大学，天赋异禀，琴棋书画样样精通，是家人们的骄傲。五年的专业大学毕业后，爸爸没有回到老家湖南工作，而是响应国家号召，支援山区建设，来到了当时的国家第二汽车制造厂位于湖北省十堰市下面的一个山区县，在当地的大型国企工作。在这里，身在异乡打拼的老爸认识了漂亮一根筋的老妈。据我叔叔回忆，妈妈随着爸爸回老家湖南探亲的时候，二十出头，两条又黑又长的大辫子都到腰了，长得很好看，跟电影明星似的，百里挑一的美。年轻时的妈妈是个标准的“文学青年”，爱看书，家里书柜的网格本像《浮士德》《牛虻》《呼啸的山庄》《傲慢与偏见》都是妈妈爱看的，在她的影响下，我上初中就稀里糊涂、囫囵吞枣地看完了这些书，看人民文学出版社出版的《红楼梦》，黛玉之死我会流泪；看《傲慢与偏见》，我会幻想心中的达西。印象中最深刻的是，小时候冬天妈妈会带着我们去山里采梅花，再带回家插在陶罐里，家里能香很久。妈妈慕强爱才，喜欢高学历的大学生，爸爸惜弱爱美，两个人因为工作的接触暗生情愫，迸发出革命时代的爱情火花，郎才女貌结合的典范。

爸爸一生都是个爱学习、爱折腾、必须支棱起来的人。他从技术员做起，凭着过人的才华和努力，几年的时间里他做到了一把手厂长，带领着好几百号工人干得风风火火，把一个快要摆烂的国营大企业扭亏为盈！小时候，爸爸以厂为家，我们都经常看不到他，加班玩命干是家常便饭。他对家人要求很严格，家教也很严，比如吃饭时不许说话，不许我留长发，他觉得女孩子爱打扮会耽误学习，每次爸爸拿着剪刀给我剪头发，我都要大哭一顿，很伤心，甚至有一次还让他写下了保证书，不能再给我剪头发，但是事实证明无效。从小学到高中，我都是留着比小男孩长一点的发型，直到来北京读了大学，才放飞自我，留起了长发，可能是为了弥补小时候的缺憾吧，留长后就再也没剪过短发。爸爸严苛的教育让我产生了叛逆心理，在我眼中他就像法西斯，一点都不可爱，我想有一个给我温暖、天天能抱抱的、温柔可亲的爸爸。爸爸很少过问我的学习，都是妈妈在督促，我小学、中学都偏科严重，文科不用学都特别好，作文经常作为范文在班级传阅。可是数理化差得一塌糊涂，不及格是标配，题做不出来就哭，怎么学都学不会。机灵鬼的我每次拿着成绩单给爸爸看，都是趁他在外应酬喝了点酒，迷迷糊糊的时候，希望他敷衍看下，别批评我就行。第二天，爸爸酒醒后就会想不通，自己是一名学霸工科生，生的孩子为什么理科这么差？转念一想，可能是随了她妈吧，妈妈理科出奇差，但是文科好。现在看来，感谢智慧的爸爸和美丽的妈妈给予了我特别的基因，让我在这个纷繁复杂的世界，赤手空拳，凭一己之力，用自己弱小的身躯，不屈不挠地追寻着自己的梦想和价值。爸爸慧眼独具，觉得我从小就会说话口才好、乖巧可爱，又会写作文，文笔不错，将来长大没准能成为一名记者，所以他就给我定了人生目标和理想——成为一名记者。在我十一二岁的时候，还很懵懂，爸爸就说过："长大后我不指望你回报我，但是你要回报社会。"那时还不

是很理解这句话，但是现在回想起来，爸爸是个有家国情怀和大格局的人！英国文学家哈伯特说过，一个好父亲，胜过100个校长。一个好父亲，都会身体力行，让孩子成为一个有教养、德行好的人。爸爸当国企一把手的那些年，他没有为家里谋过一点私利，两袖清风，但是在职工们中的威望却很高，他积劳成疾生病住院，来医院看他的人每天络绎不绝。逢年过节，来我家跟他一起唠家常的职工也很多，每次他就让妈妈做一大桌子菜招待大家，家里热闹的都快成了菜市场。那些职工叔叔阿姨们都亲切地喊我们“毛厂长的千金”，可是谁又知道，我们姐妹从小学、初中、高中都住校，因为爸爸工作的化工企业离城区远，我们上学就成了难题，不光要坐轮渡渡汉江，而且一周也见不到爸妈一次。每次在船上告别的妈妈去学校，我就哇哇大哭、撕心裂肺。总是寄住在亲戚家、爸爸同事家、学校老师家等，寄人篱下的感觉。小小的年纪多么渴望爸爸妈妈的温暖，可是想妈妈了，就只能半夜抱着她给我织的黄色毛线小手套偷偷哭……那时候最渴望的就是一家人坐在一起，暖暖和和地围坐在一起吃一次团圆饭，可是印象中好像没有过。记得爸爸也说过，将来我死了，什么都不会留给你们，你们要靠自己。那时我还想：哼，给我也不要，就靠我自己！现在看来，爸爸给了我他最宝贵的基因、才华和从不屈服、敢闯敢拼的性格以及胸怀社会的格局，这些就足够了。这些虽然不是奢华的物质生活，它看不见，摸不到，却渗透在我的血脉中，成为我生命的一部分，在人生的磨砺中，靠自己的力量，长出能够搏击长空的翅膀。在我上高中的一天，爸爸决定要离开市局单位去海南创业，这个决定只有妈妈知道，我还是懵的，这一走不知道爸爸什么时候才能回来。爸爸不在家的日子，我终于放飞自我，去追寻我的梦想了。暑假的时候，我一个人来到北京，参加了中央戏剧学院的演艺培训班，怀揣着爸爸给的1000元钱，在北京我见识了艺术专业老师和帝都风采，心就更大了，决心将来要来北京打拼。虽然爸爸对于我学习艺术有不同的看法，但是总归还是支持我的，他喜欢我天不怕地不怕的闯劲，爱女心切，唯有支持。爸爸在海南打拼了很多年，吃了很多苦，因为他一直都在体制内工作，出去下海创业，完全刷新了他对社会的认知，相当于从头再来。在这涅槃重生中，我不知道他内心经历了怎样的煎熬和挣扎，家人不在身边，没有人可以照顾依靠，起起伏伏的动荡生活。与此同时，我也在北京为自己的前途和命运奔波，我们很少见面、联系。后来我在中国传媒大学读书，又来到了央视实习工作；去海南出差拍摄，在海口见到了爸爸，他把自己的手机给我用，那时我刚在实习，没有手机，看得出来，爸爸很为我骄傲。他带我去商场买衣服，看到熟人朋友，他就很自豪地说，这是我女儿，在中央电视台工作。爸爸跟我聊天说，他完全没想到我能留在央视工作，他觉得我很棒。虽然在北京打拼奋斗的日子里和爸爸联系并不多，但是他的“靠自己”和“回报社会”的话永远都刻在了我内心深处，让我在事业工作中拥有一颗“但行前路、无问西东”的初心。我再次去海南时，爸爸的工程正在进行中，在海口的国贸大道，一幢摩天大楼拔地而起，而爸爸也作为甲方总代表——总工程师，为项目呕心沥血。那座摩天大楼像一座丰碑，仿佛在向世人诉说着爸爸这独特、多舛的一生。

如果，还有如果，我多想好好孝敬爸爸，他一生都在奋斗，并没有享受到女儿的福，“子欲养而亲不在”是最最残忍的。现在我能开车带您去北京的大街小巷逛了，去吃您爱吃的全聚德烤鸭；去和您的大学校友一起聚会，请他们吃饭，让他们觉得您有一个棒棒的女儿；去您喜欢的历史遗迹寻幽访古，听您讲历史故事；去给您买喜欢的衣服，您是那么注重穿戴细节……可是永远都没有机会了，这一切我都没有来得及为您做，您就去了另一个世界，每次过年回家我都去墓地看您，我知道怎样的后悔愧疚也弥补不了，这将会伴随着我的一生……

这本书也献给天堂的父亲，谢谢他带我来到这热气腾腾的人世间，虽然爸爸读不到了，但是从小就带我读“网格本”世界名著的妈妈，如今能在家逐字逐句地看我写的书，真的很骄傲。

亚洲旅游影视艺术周

中国农业电影电视中心《乡土》栏目：

贵单位报送的《发现银川》荣获本届“亚洲旅游影视艺术周”

最佳专题片奖

2018年7月

获奖篇

做农业记者的第3年也就是2010年，我在想，除了能做创栏目收视率新高（现在看来是创《乡土》栏目15年最高）的节目，是不是还应该做得奖的片子呢？于是开始天天幻想能登上奖台领奖，那时候满脑子的高收视、得奖，高收视、得奖……也许是“吸引力法则”的加持，从2011年开始，后面的10年里几乎每年，我都有上台领奖的高光时刻，有时候一年甚至一次能拿5个奖项。20多个中国农影中心的专业奖，从优秀节目一、二、三等奖，最佳导演奖、最佳外景主持奖、先进工作者、巾帼建功标兵、首席编导、出片最多奖等，可以说我把农影能拿的奖全部拿了，“大满贯”不为过！但是我还是不满足，又把目光投向更高的奖项，终于在2018年拿到了梦寐以求的中视协主办的“2018 · 亚洲旅游影视艺术周”的最佳专题片奖，以及“第29届中国纪录片学术盛典”系列片十优作品。这15年的农业记者生涯，我在全力以赴，不，是在“全命以赴”地工作，我没有遗憾。我很享受工作带来的荣誉和自我价值的实现。可是渐渐地，每当深夜来临的时候，当我看到金光闪闪的奖杯和厚厚的一摞红彤彤的获奖证书的时候，心里空落落的，我好像想要的都得到了，但是又好像什么也没得到。拥有了这些你快乐吗？亲人的离去、朋友的离去，永远没有尽头的出差拍摄，很多美好的生活滋味都没来得及体验，很多温暖幸福的亲情友情都来不及感受…… 用工作透支的人生真的快乐吗？我开始反思自己，人生也许不是用来展现完美的，而是用来体验感受的，人的存在状态取决于人的选择，工作、生活、真情，彼此交融，过程就是美好，不要再让人生填满遗憾。

做到第 100 期节目 我拿到了“大满贯”

我2008年来到中国农业电影电视中心《乡土》栏目工作，拍摄制作的第一期节目《我该嫁给谁》就以0.52的高收视率创了栏目开播两年来（栏目两年播出近500期节目）最高纪录，后来拍摄的《我和阿里郎有个约会》就以0.7的超高收视率（近1亿观众收看）创了栏目开播十五年来最高纪录。我心里还是有点自豪的，节目收视率高就相当于电影的高票房，其实就是有多少观众看了你的节目，这不光是编导记者绩效的衡量标准，而且是这期节目受欢迎程度的体现。

刚来到《乡土》栏目，我的这种自成一派的体验式采访风格，是和栏目冷静、客观、讲述式的定位不大相符的，但是在那时是很受观众喜欢的，所以我的挺多节目收视率都好，得到的回报也丰厚，所以一些同事私下里很看不惯，但是又干不掉，羡慕嫉妒恨，比较招黑，哈哈。但是也有同事开始悄悄模仿学习我的这种风格，也尝到了一些甜头。在镜头前面我是一个率真、真诚、爱笑、永远充满好奇心、机灵可爱，带动观众去感受的这么一个人。

从2008年到2011年，4年下来，创好收视率基本达到了我的理想，我又有了更高的追求，想要拿奖。有些人为了拿奖，会完全改变自己的风格，去适应专家评委的口味，可是我没有，我还是延续自己以往的风格，但是也注入了新的东西。2012年1月，《我们一起来过年之阆中心愿》

横空出世，获得了2013年中国农业电影电视中心的优秀节目一等奖，同时还获得了最佳导演奖。农影中心一年播出有2000多部片子，参评的有200多部，一等奖也只有屈指可数的三五部。我同时还获得了当年的先进工作者、巾帼建功标兵以及《农业影视》“金笔奖”二等奖，所以5次上台领奖，领到手软，名副其实的“大满贯”！这15年来，拿过农影中心20多个奖项，红色的本本好厚一摞，很欣慰，以梦为马，不负韶华。

十多年过去了，当我再次回看这期节目的视频，还是很欣赏自己那时的创造力。我觉得一个编导的创新能力是很重要的，决定了你能不能从众多的同行中脱颖而出。当时这个选题——“阆中古城和科举文化”拿到手上时，其实我也很发怵，其他编导都避之不及的选题我为什么要接手呢？而且都上千年过去了，谁还关注科举制度和文化？那么传统老套、没有新意。栏目组也有同事前一年去拍摄过，当月收视率最低，就没有编导再敢去拍摄了，没人爱看这些老掉牙的东西。不过我转念一想，一个好选题，如果把它拍好，不难；可是一个不好拍的选题，你把它拍好了，算你牛！这才是一个真正优秀的编导。我们为什么要把科举考试和现代生活割裂开来？如果我们换一个角度来看，它和我们现在的高考也还有着千丝万缕的联系吧，如果能在古代科举考试文化和现代人之间找到一种共通的情感，那不就能引发观众的共鸣了吗？再加上独特的表现手法，也许就是一部好片，为什么不试着挑战一下自己呢？我是一个喜欢挑战的人，人生就在于折腾，不疯魔不成活，哈哈。说干就干，我接下了这个“烫手的山芋”！

很快，我们来到四川阆中古城的一个庭院里拍摄，简单的开场之后，我和一位即将参加高考的小妹妹，以穿越的方式变装，从现代服饰的装扮一下子变成了古代赶考的两个秀才，我还有模有样地说了句：毛秀才这厢有礼啦！这个手法在2012年还是挺新颖的，一下子就抓住了观众的眼睛，引起了大家伙的好奇心：这俩人到底是要干嘛去呢？场地一下子转换到了阆中古城的一个赶考小路上，我（毛秀才）手拿一卷诗书，等待几位一起“乡试”的仁兄，正在翘首企盼的时候，另外三位风尘仆仆地赶到了。只见他们有背着铺盖卷的，有拿着馍馍干粮的，还有带着洗漱用的脸盆。您别笑，虽然是我们提前安排设计的，但是民俗专家说了，过去赶考确实要自带这些，乡试是考举人的一次考试，必须在省城里面举行，清代的规定是考三场，共九天。九天的吃住都在考场里，不带这些肯定不行！我就随机问另外几位“秀才”，我说复习了几天了？戴着眼镜背着铺盖卷的“朱秀才”（我们栏目组制片朱高龙扮演）说复习两年多了，我就问专家复习两年够不够？民俗专家说：要十年寒窗啊！言外之意，你太懒了，没戏了，哈哈。专家老师说，要考四书五经，要考八股文。我又问这几位“秀才”，说都看了吗？“夏秀才”（当地宣传部门的工作人员扮演）很踊跃回答，说看了《大学》《中庸》《论语》《孟子》！我们赞不绝口，竖起大拇哥。一切提问都是即兴的，考的是几位“秀才”平时的知识储备。

因为提前没有对过词，所以各位“秀才”现场的回答真实、有趣，也让人哑然失笑，槽点不断。对观众来说，也想看看不努力的“秀才”出糗，所以我们把出糗的槽点放在了同事朱高龙身上，我们都没有明说，每次出场他都自带喜感，胖乎乎的脸还戴个黑边眼镜，像不爱学习的地主家的傻儿子，让人乐不可支。每到春节，许多家长都会带着孩子来到阆中古城去体验，激励孩子上进，期待金榜题名。阆中作为四川保存规模最大的古城，有2000多年的历史，阆苑仙境说的就是这里。这里有深厚的文化积淀，所以民俗表演目不暇接。我们一行四位“秀才”就碰到了古城有名的“张飞巡城”。冷不丁的怎么面色黝黑、威风凛凛的张飞冒出来了呢？

您要知道，蜀汉大将张飞大人可是镇守阆中整7年，人称“阆中王”，他爱民如子，政绩卓著，深受老百姓爱戴。所以一到节日，古城都会举行“张飞巡城”的活动。张飞的容貌曾经被形容为豹头环眼、面如锅底。手中拿的是丈八蛇矛，性如烈火、疾恶如仇。既然是进城赶考，又碰到了张大爷，那还不出几个小题来考考“秀才”们！在民间，关于张飞的歇后语不少，我就随口说：张飞吃豆芽！“秀才”们面面相

觑，一时给问蒙圈了，周围围观的吃瓜群众也没有知道的，我问问了身旁冷若冰霜的“张飞”，他也尴尬地说，不知道。我怕冷场，赶紧抛出答案：张飞吃豆芽——小菜一碟。也不能都是难的，再来个简单的，紧接着，我又问，“张飞”穿针？“秀才”们秀外慧中，一会就猜出来了。张飞穿针——大眼瞪小眼，粗中有细。两个答案都行。看到大家兴致盎然，我又问：张飞遇李逵？这可难坏了大家，气氛开始凝固，我只能抛出答案：黑对黑！三个歇后语下来，大家心里开始发毛，不过现场气氛还是热烈，重在掺和嘛。这种即兴出题考验“秀才”的方式，或许能看到当年考场的焦灼状态，这还只是歇后语，最简单的小知识点，当年考中举人的书生们哪个不是头悬梁、锥刺股？寒窗苦读几十载？虽然有人也痛恨应试教育，但是这也是从古至今选拔人才最有效的办法了，当然不是唯一有效的。

在阆中古城，除了“张飞巡城”这样的民俗表演，还有川北皮影，它是我迄今为止看过的最大的皮影了！两三米高，一副就有80多斤，想要举起来可是得使出浑身解数，据说是全国乃至是全世界最大的皮影。皮影的戏曲人物造型特别难雕刻，因为整张大牛皮里的细节多如牛毛，稍有差池，整张牛皮就废了。三个师傅用四张牛皮，花了整一年的时间才能做成一个戏曲人物，价值七八万元钱。小小的皮影涵盖了美术、音乐、舞蹈、说唱等多种艺术，精细的雕工、生动的人物造型，鲜亮华丽的色调，每一样都是一件精美的工艺品。为了赋予它们时代特色，传承人也发掘了迪斯科舞后这样的“摩登”皮影。

看了这么精彩的表演后，众“秀才”们难道没想赋诗一首吗？我开始拿“朱秀才”开涮，他目光呆滞、一副铁憨憨的样子，摄像老师也故

意在拍他的时候用大仰角，这样拍摄出来的“朱秀才”胖乎乎、憨乎乎、呆乎乎，若有所思但奈何脑袋里的墨水太少，所以啥也说不出来，很有谐星的风格。我说，我帮你想一个：皮影，皮影我爱你，就像老鼠爱大米！大家都哈哈大笑，“朱秀才”一脸蒙圈，像极了不努力读书，却又有点家底儿的秀才考生，这种朗朗上口的口水歌是极配“朱秀才”的。我们的制片朱高龙不知心里此刻有多恨我吧：哼！提前都不跟我说要考我，现在来这一出，好尴尬！好歹也让我提前准备一下啊！镜头都杵到“朱秀才”脸跟前了，都想得快便秘了也想不出来，这不是明摆着让我出糗吗？没有提前跟几位秀才沟通，是我的本意，这玩的就是即兴发挥，这样才能捕捉到各位“秀才”最真实的反应，人生哪有那么多台本？每一出戏都是现在进行时！真实的效果才会生动！轮到“夏秀才”了，这位是典型的帅气学霸，他说：千年古县藏国粹！我们都竖起大拇哥，一听就是别人家的优秀孩子，从来不会让人失望，诗词歌赋是信手拈来。我们再考一下旁边的皮影老师，他迟疑了一会儿，说：双手对舞百万兵，我一听马上接下茬——一口述说千年事，双手对舞百万兵！这就是对阆中皮影最好的写照。

我是一个在拍摄前喜欢做很多案头工作的人，从相关知识背景、历史人文的搜寻到熟记，我一定要做到烂熟于心，这样才能在现场运筹帷幄，加上即兴发挥，就能浑然天成、效果奇佳。

古代科举乡试，到底是个啥流程呢？在1300多年的历史里，阆中就出过4名状元，100多位进士，400多名举人，可谓是状元之乡了，所以就有“科举盛典今安在，阆中天下第一棚”的佳话。过去通过了省会考乡试，也就是中了举人，再进京参加会试和殿试，得到皇帝的钦点，离金榜题名中状元就不远了。因为每年的乡试要联考三场，每场三天，所以考生自带铺盖卷、干粮进入考棚就不足为奇了。这窄的只有一平方米多的考棚，考生从进入到离开，整整三天都在里面。严苛的科举制度让太多的学子不堪重负，所以考场上五花八门的作弊行为此起彼伏。在考棚旁边的展室里，我们看到了一些过去人作弊的物证。在裤腰、裤边上，都是比蝇头小楷还要小的字抄在上面，专家解释，四书五经的内容很多，记不住，作弊者就想方设法写在衣服上面，写在裤裆上面，不择手段，但是很多都被抓住了，要不我们怎么能看到这些呢？看到这些小抄，我就感叹，其实古人和现代人都是相通的，现在也有作弊的，不过手段更为现代和隐蔽，比如用手机等，这期节目如果能找到古人和现代人之间的共同点，就能有共鸣，节目的可看性就高。中了举人就具备了做官的资格，之后再进行下一步的考试。可是在考试中作弊被抓的人怎么惩罚呢？在过去可是要头戴枷锁游街的，所以在考场作弊的“朱秀才”被抓之后，就戴上了枷锁，成了小朋友们眼里被警示的“道具人”。而即将参加高考的彩露小妹妹也因为这次“秀才赶考”增长了见识，而且身披大红花坐上了大花轿体验金榜题名的喜悦，为来年的高考讨了个好彩头。

算一算，如今的彩露小妹妹也有二十八九岁了，估计都结婚生子了，又要开始为她的孩子祈福加油了，过几年又会带自己的小宝宝去阆中古城，体验贡院科举的文化了吧。生命就是这样的轮回，一期节目如果能为观众带来心理上的安慰和鼓励，并且能记录和见证时代的发展，就是我们工作的意义所在。

和吃了60年辣椒的大爷“比拼”吃辣椒

拍摄《辣在湄潭》这期节目是在2015年8月，获得了2016年中国农业电影电视中心优秀节目二等奖。这时我来中国农业电影电视中心已经整8年了，离《我们一起来过年之阆中心愿》获得最佳专题片一等奖、最佳导演奖也有3年了。经历了灵光闪现、创新手法花样百出、为一个好想法激动得夜不能寐的阶段之后，发现一切绚烂终归平淡，我也遇到了拍片的瓶颈：怎么能让作品持续焕发生命力，做到收视率高而又有文化品位的双赢？以前在做节目时总会花更多的精力在创作手法上，比如扮演式、讲述式、寻找式、比拼式、体验式、揭秘式等，形式多于内容会赚来足够的眼球和吸睛率，但是想要笑到最后，还是得靠好的内容，胜在气质。有没有真正感动到我们内心深处、直击心灵的为之一震，而这一震的感觉，正是作品持久的生命力。情感是艺术创作的基础，也是创作的核心。苏珊·朗格曾经说：艺术品是将情感呈现出来供人观赏的，是由情感转化成的可听可见的形式。苏联伊戈尔·别利亚耶夫在《纪录片中的形象》中写道：我的原则只是记录那些触动我心弦的东西。

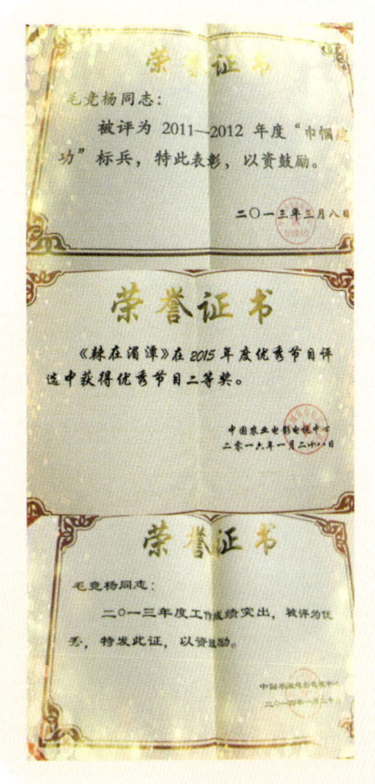

荣誉证书

毛竞杨同志：

被评为2011—2012年度“巾帼建功”标兵，特此表彰，以资鼓励。

二〇一三年三月八日

荣誉证书

《辣在湄潭》在2015年度优秀节目评选中获得优秀节目二等奖。

中国农业电影电视中心
二〇一六年一月二十八日

荣誉证书

毛竞杨同志：

二〇一三年度工作成绩突出，被评为优秀，特发此证，以资鼓励。

和湖南人的“不怕辣”、四川人的“辣不怕”相比，贵州人是“怕不辣”。贵州人有一种嗜辣如命、无辣不欢、内敛敢拼的劲儿，在湄潭当地有不下20种的辣椒吃法。那我怎么用辣椒来承载湄潭人的情感呢？我想到选取几位老湄潭人以及年轻一辈的湄潭人，通

过他们吃辣椒、做辣椒的故事延伸出他们对辣椒的深厚情感以及对亲人、故土的家园情怀。

第一家的主人公是住在田家沟的祁大爷。60多岁的祁大爷性格外向，说起吃辣椒那就像黄河水滔滔不绝。他们家家都有一个木桶，看着像洗脚桶，是用了25年的老古董了。把辣椒、生姜、大蒜放进去，用两个长木柄的铁铲来来回回捣。他们选用的是细细长长的红色海椒，把绿色的辣椒蒂摘掉，这样做出来红彤彤的才好看。在湄潭当地有老话：菜当三分粮，海椒就是衣裳。意思就是说吃了辣椒你可以少穿件衣服。云贵川地区常年湿润，深山里更是潮湿、寒气重，所以这里吃辣椒通常可以祛湿御寒。祁大爷介绍，100多斤的辣椒够一家五口人吃一年，平均下来一人一年吃20斤的辣椒，一个月吃将近两斤，可以说吃辣椒是刻在他们的基因里了。“姜辣口、蒜辣心，海椒辣到脚板心”，祁大爷他们腌制辣椒酱，吃了五六十年辣椒的他是很少生吃辣椒的，比如生的转椒，他尝了一口，辣得老人家都说不出话来了；湄潭当地的小伙子也尝了下，也辣得直皱眉，马上就吐了。贵州人爱吃辣都是爱吃腌制的辣椒，生的、新鲜的辣椒他们从来不吃，这是一种生活习惯吧。我尝了一下，确实辣，辣得刻骨铭心，不过好像也没有那么辣。祁大爷很意外地看着我，心想这个毛丫头还挺厉害呀！

我觉得一个人能吃辣到什么程度，应该是天生的。自从来北京读书工作我就很少吃辣椒了，因为气候干燥，吃了上火脸上长痘痘，嗓子也不舒服影响工作，但是很少吃辣并不意味着不能吃辣，可能是遗传了爱吃辣的父亲的基因吧，我都不知道自己有多能吃辣！记得父亲来北京看我，他去超市买了一小坛辣椒酱回来，一尝，很不屑地说这也叫辣椒？我才知道爸爸是个吃辣椒的狠人。

和祁大爷的第一轮PK就算我小胜吧，当爱吃辣椒的贵州人遇到湖南人，到底谁能笑到最后呢？拭目以待！祁大爷又向我们介绍了一种又细又小的朝天椒，长的时候是朝天长，奇辣！而大一点的菜椒就不太辣，所以我总结出了一个规律，辣椒个儿越大越不辣，个儿越小越辣！浓缩的都是精华嘛。

祁大爷还大口吃了菜椒，跟吃生萝卜似的，可是当我把小小的朝天椒递到他面前时，祁大爷吓得连连往后退，他说：这个不敢吃，这个吃了就要命了。我不信，我说挑战一下。祁大爷连忙摆手，说我劝你也不要吃，你吃了就要留下遗憾了。祁大爷可是吃了五六十年辣椒的老湄潭人，他的劝告按理说很有分量的，大部分人听了他的话，应该都会望而却步吧，可是我骨子里的叛逆和爱挑战的基因被激活了，很想冒死一尝！我咬了下小朝天椒的尖尖，第一口不明显，没啥味。我说一点都不辣，还觉得祁大爷骗了我。又嚼了两下，一股浓烈的辛辣在口腔中弥漫开来，我强忍着快要流下来的眼泪，故作镇静地说，真的是挺辣的。我倒吸了一口凉气，咂了咂嘴，有点扛不住了，但是这是在录节目，再辣我也要咽下去，不能输！我便心领神会地和大爷开怀大笑起来。祁大爷说我没骗你吧，这个朝天椒是不能生吃的。我说，但是我觉得也有回甘，你要不要尝一下？祁大爷说，我不敢。我说也是很甜的，但是没有您说的那么辣。祁大爷很是佩服地说，看来是你嘴巴的味比我们的味要高一点。第二轮PK我完胜，祁大爷吃辣椒比较保守，我吃辣椒爱冒险，但是如果比谁吃的时间长，那我肯定不敌祁大爷。这次吃辣椒的比拼永远地刻在了我的脑海里，我都不知道自己吃辣椒能这么厉害！超常发挥吧！

人的潜能是无穷大的，需要你不断自我激励，永远不要自我设限，这一生得不断折腾、不断突破，才能活出自己喜欢的模样，才不枉来世上走一遭！用辣椒做载体，我们能看出来祁大爷虽然爱吃辣椒，但是他的爱很有理性和分寸，让辣椒为自己的生活锦上添花，增添滋味。

第二家的主人公是住祁大爷对门的周大妈，她做的是酿辣椒。把一种又大又胖的牤海椒肚子挖空，装进糯米，花椒、油盐等调料，再放进坛子，再在坛口塞上草，反扣倒放坛子进行腌制，自然发酵就会越存越香。

周大妈说，她每年都会做几坛酿辣椒，儿子儿媳过年回家都要吃，也许这就是妈妈的味道吧。周大妈说，小时候日子苦，吃的面都是拿石磨推的，物资极其匮乏，缺油少盐，新鲜的蔬菜瓜果都不能经常吃到。

于是大家想出用酸和辣代替油盐调味。“辣椒就是穷人的油盐”，这种腌制辣椒成本低，而且能掩盖食材不新鲜的味道，加上耐储存，放一年也不会坏，所以就成了穷人家的下饭菜。吃了这种辣椒，就能多吃两碗饭，干活才有力气。

吃辣椒是老湄潭人相伴一生的生活方式，但是对于吴老师一家来说，却是难以割舍的乡愁情怀。在吴老师家，他正如火如荼地炒着红油辣椒，很呛的味道在不大的房间弥漫开来，我们都睁不开眼了。他把辣椒煸干，去掉水分，再放进石臼舂碎，成了粉末状的辣椒格外香，刺激着我们的味蕾。红油辣椒的配料丰富得超乎我们的想象。把花生米过油炒干，能一直酥香嘎嘣脆，放一年也不会变软。然后把花生米、辣椒粉和提前炒好的肉末、白芝麻放进一个大盆，再用热油淋，而不把辣椒倒进油锅里，是怕油锅温度太高，稍不注意就煳了，不好吃了。油拌辣椒，反复搅拌均匀，粗略算了一下，花生、油、辣椒、肉末、芝麻等五六种配料。花两个小时来做一个配菜，我问吴老师值不值？他说：值！外甥女爱吃，她本来不喜吃辣椒，但是就爱吃舅舅炒的红油辣椒。忙了大半天的吴老师终于能坐下来，和我们一起品尝这热乎乎的红油辣椒了，这确实是我吃到的最好吃的红油辣椒了！特别香，辣椒味已经不重了。外甥女王成香说，她去到山西工作生活已经十来年了，这次和丈夫一起回来探亲。舅舅吴老师就赶在外甥女回去之前，给做了这家乡味道——红油辣椒。做了满满一大盆，然后再用玻璃罐罐一瓶一瓶装起来带走。因为山西那边的亲戚也爱吃这种红油辣椒，所以一次要装很多罐，带回给他们分享。在我看来，王成香就是湄潭辣椒文化的使者，把辣文化从贵州湄潭传播到了山西太原。就当我们聊得热火朝天，我看见坐在一边的王成香妈妈，也就是吴老师的妹妹，开始掉眼泪。我说阿姨你怎么了？心里有点难过吗？阿姨一边笑着一边含着眼泪说：太远了……我说：一年能跟女儿见一次面吗？阿姨说，有

时候一年能见一面，有时候三年。我很理解阿姨的难过，女儿远嫁他乡，自己想念也只能忍着，爱女儿却又不知该怎么表达，女儿有自己的新家，也只能放手让她去奔向自己的幸福。我就安慰阿姨，吃辣椒的时候，也在品尝着长辈对我们的这份爱，深深的爱……王成香说：一吃辣椒就想舅舅，想爸爸妈妈，想家。其实外面也卖各种各样的辣椒，但是外面的辣椒没有爸爸妈妈的味道，没有舅舅的味道，没有家乡的味道……

祁大爷的剁辣椒、周大妈的酿辣椒、吴老师的红油辣椒都是湄潭的传统辣椒吃法做法，承载了老一辈湄潭人对过去岁月的怀念追忆以及苦尽甘来的情怀，而且这些辣椒还作为美食文化的使者，被王成香这样新一辈的湄潭人传播到了祖国的四面八方。新一代湄潭人王成香，虽然在异乡打拼，但是这一瓶瓶的辣椒，成了链接她和爸妈、舅舅亲情的纽带，辣椒此时成了符号、载体，在这符号的背后，我们感受到的是那一份浓烈的化不开的家乡情怀，永远割舍不下的血脉亲情，和对回不去的故乡的依恋……王国维说：大家之作，其言情也必沁人心脾，其写景也必豁人耳目。其辞脱口而出，无矫揉妆束之态。以其所见者真，所知者深也。创作者的情感体验至关重要，要使作品感动别人，首先必须自己被感动。在发掘并体验到情感之后，创作者必须将情感物化，因为情感是一种心理现象，具有抽象性，应该有一个实体去承载，而这个实体需要我们用敏锐的洞察力深入开掘。

拿了不下20个奖后，我想有更大的挑战——《发现银川》

从2012年到2017年这6年里，我实现了人生的很多小目标，做好片，多拿奖，以至于拿奖拿到手软，算下来有20多个奖了。每年我都有作品在中国农业电影电视中心获奖。优秀作品一二三等奖、最佳导演奖、最佳外景主持奖、金笔奖、先进工作者、巾帼建功标兵等等。那时经常躺在床上，看着这一摞厚厚的红本本，似乎很满足，但似乎又很失落。这些年，为了心中的理想，倾尽了全部的精力，五一、十一、周末、春节、元宵节等节假日加班拍摄赶片是再平常不过的事，和家人团聚变得很奢侈，一年没有几天，甚至一天也没有，父亲病重化疗我也在一线拍摄采访，弥留之际也没能看到他最后一眼，说不遗憾是假的，非常内疚，那几年经常一个人夜里失声痛哭，如果，假如还有如果，哪怕我辞职半年也要守护在爸爸身边。生命只有一次，没有重来。所有这些取得的成绩，是拿自己的青春、热血和眼泪，亲人的团聚、父亲的离世换来的，代价沉重。我也不止一次地问自己：这一切真的值得吗？？？骨子里天生有一股不服输、爱挑战的劲儿，支撑着我走过了人生的一个又一个的难关和坎儿。哪怕深夜里万箭穿心、放声痛哭、泪湿枕畔，第二天醒来，我也还是美美地支棱起来，人生这么短暂，没有太多的时间去脆弱、忧郁、迷茫，永远赶

路，默默努力，惊艳世人！

2017年年初，我就开始规划人生新的小目标，当我把农影中心的奖项都拿过了之后，就在想是不是应该把目光投向一些大的国家级奖项呢？也许是命运的安排，那时银川市旅游局的朵永毅局长找到我，想要跟栏目合作拍摄关于银川的精品节目，我想多好的机会，一定要牢牢抓住！经过漫长的踩点调研、策划商讨、方案拟定、带队拍摄、编辑审片，前后大半年的时间，终于制作拍摄出了我的力作《发现银川》，它也获得了中国电视艺术家协会举办的“2018 · 亚洲旅游影视艺术周”的最佳专题片奖。

这次活动共有29个国家和地区的1200部中外作品参评，经过专家们的评析，《发现银川》与《远方的家》共同折桂最佳专题片奖。又实现了心中的一个梦想，吃了再多的苦，受了再多的委屈也是值得的！在去浙江台州领奖的两天里，我穿上了晚礼服，虽然直播走红毯时下着雨，淋湿了我的礼服，以至于步履蹒跚，但是我的心里是甜的！还被组委会问道：怎么演员来了，你们的导演没来吗？我的心里也是甜的！谁说导演就不能是大美女了？我可是“下得田地，上得红毯”的导演大女主！在领奖的论坛上我结识了来自亚洲的顶级导演、制片人，还结识了亚美尼亚大使馆的参赞Aram先生，双方都留下了美好的印象，这也为我们12月应邀去亚美尼亚拍摄奠定了良好的基础。

还记得2017年5月去银川踩点，坐飞机从北京飞往银川，快要落地的时候，通过舷窗往外看，我被地面的景色深深地震撼到了！一边是漫漫黄沙，一边却是广袤的绿洲！到底是什么造就了这样伟大的奇迹？带着心中的疑问，我慢慢走进了银川。在银川踩点出策划案、再带领团队去拍摄的半年多里，我觉得2017年是我和银川感情加深的一年，它不再是我眼中那个能在沙湖滑沙、捕鱼，在回族风情园吃小吃、看回族婚礼，

在枸杞园摘枸杞，热闹好玩、表面浅层化的银川了。在那里，我和团队留下了辛勤的汗水、感动的泪水，还有对银川人抹不掉的刻在骨子里的记忆，这些都将是我一生的财富。

习近平总书记说过："绿水青山就是金山银山。""绿色发展"上升为国家战略，"绿水青山"属于我们每一位中华儿女。磅礴的黄河创造了灿烂的华夏文明，自秦汉开始引黄灌溉，六大古渠造就了宁夏平原。一直就有"天下黄河富宁夏、塞上江南美银川"之说。银川还有贺兰山岩画、水洞沟人类遗址、明长城遗址、兵沟大峡谷、黄沙古渡等有丰富人文内涵的景区。"鱼米之乡、塞上江南"是人们对银川的赞誉，在这么宏大的主题背景下做节目，压力不是很大？但是戴着镣铐跳舞，也必须用力去跳！

我决定去寻找一些打动人的细节和点，从小切口进入讲故事。我们沿着流经银川境内的黄河，一路由南向北行进的方式，依次经过灵武市、永宁县和贺兰县，发现每个地域都有因为母亲河黄河的福泽而衍生出来的温情故事。所以我决定把宏大的叙事主题，通过小切口的讲述方式，把有温度、有温情的人和故事传递给全国的观众。要深入挖掘平凡人物内心最鲜活、最真实的想法，通过人物故事把地域特色、生态保护、文化寻根结合起来，抒发当今银川人对母亲河黄河、对家乡家园的感恩和热爱。那么具体到人物故事怎么讲呢？优秀纪录片的创作人任长箴——《舌尖上的中国》执行总导演，在谈到她如何讲好人物故事时说：讲故事的核心是找出困境、拍出共情，也就是困境+帮助=良性结果。讲故事需要千锤百炼，讲故事的方法、故事的要素都需要反复理解和思考，但是再往深处走，你会发现，即使掌握了各种讲故事的策略和方法，也很难接近有魅力的故事核心，因为故事的核心不是讲故事的方法，而是了解世界，了解人的深度。我是很赞同她的观点，拍好每个地域的代表人物的困境和共情，故事就能讲好了，所以这就区别于以前我们通常的创作手法，讲述方式都要变化。寻找每一个主人公的困境，并挖掘他内心深处最打动人的想法。

节目开篇从穿越灵武市的毛乌素沙漠开始，寻找黄河水源，让人们切身体验到没有黄河水流经的地方是怎样的一种生态，荒凉广袤？还是寸草不生？在这里，我们遇到了穿越沙漠最经常发生的事情，越野车抛锚，深陷大沙丘，手刨不行就用车拖，镜头用沙漠人迹罕至的艰苦环境带出生态的困境，从小野兔的脚印带出水源，终于见到了久违的大海子湖，澄澈碧蓝，离它10公里远的地方，就是我们要到达的第二站白芨滩防沙林场。从林区的蓄水库，引东干渠的黄河水灌溉，20多年的滋养，使得这里呈现出了由黄变绿的渐变色的人间奇观！我不知道该用什么样的语言来形容！我只觉得用什么样的语言来形容都是多余的！只有毛主席的那句“敢教日月换新天！”才能吼出我内心的澎湃！我们用了航拍飞了百米高的方式，气势恢宏地呈现了这一半是沙漠一半是绿洲的大自然黄色绿色的瑰丽奇景！我们顺着渐变色的分界线飞，沿着黄色跨越到绿色的方向飞，还绕着黄绿渐变色飞，尽可能多角度地呈现这沙漠变绿洲的奇幻和磅礴！引黄河水滴灌，加上林场工人三十年如一日的防沙、固沙，用扎草方格等高效土方法，把沙漠周围20多平方公里变成了巨大的绿色固沙屏障。

张学云，子承父业在林场工作，我们采访他的时候四十多岁，十几岁就在林场扎草方格，那时候年轻力气大，一天能扎二三百个，现在是中年师傅了，扎的速度越来越慢。他们每人每年一万个草方格、一万株树苗、治理流沙100亩的任务量，所以经常加班加点，白天顶着烈日干，晚上打着手电筒干，累得刚坐下就能睡着。因为几十年在沙漠里风吹日晒，张学云皮肤黝黑，看上去比同龄人显老。他说曾经也想过放弃，有过动摇，觉得生活条件、收入都不行，想去干别的。但是经过很长时间的思想斗争，他还是选择留了下来。他们常年在毛乌素沙漠里干活，寂寞是365天的常态，荒无人烟、广袤寂寥，咳嗽一声几十米外都能听得非常清楚。干活的师傅们一般都隔得远，各干各的，没时间在一起聊天拉家常。寂寞的时候张学云就自己哼哼歌，比如刘德华的《忘情水》什么的。三十年如一日扎草方格，这漫漫黄沙逐渐被绿茸茸的草方格毛毯裹住，固定住的沙丘出现了土壤结皮，再形成植被，加上种植耐旱的柠条，引黄河水灌溉，60多公里的绿色固沙屏障最大程度地挡住了漫天的沙尘。张学云家里还种了28亩的果园，一年下来收入也有十多万元。这里产的苹果个儿不大，但是很甜，因为日照强，糖分足。他和妻子用分果器把大苹果装箱，能卖个好价钱，小苹果留下来自己和家人吃。除了苹果还有大红枣，再加上桂圆、葡萄干、红糖、枸杞、决明子、茶，就能自制八宝茶了。一边给妈妈做八宝茶，张学云一边聊起了妈妈。

张学云：回去以后，我也不知道，后来父亲说我走了以后，妈妈哭过。

毛竞杨：她为啥没当你面哭？

张学云：她怕我心里难受，所以我后来很苦的一些事情，就不跟妈妈说了，就怕她伤心。妈妈现在不哭了，因为现在生活各方面，子女慢慢都全了，相对这方面老人这两年比较放心。确实这就是苦尽甘来吧。

我们摄制组沿着黄河继续向北，黄河水在流经灵武市之后流入了永宁县和贺兰县。引青铜峡的黄河水自西干渠流入永宁县的刘进的渔场。

师傅们拉大网，给鱼儿搬家，好不热闹！50个鱼塘占地1000多亩，这里的鱼都是喝着西干渠的水长大的。40多种鱼儿都又肥又大，翻腾跳跃在水面的是鲢鱼，它们性情急躁，而鳙鱼、草鱼、青鱼相对温和。拉网到最后，大鱼小鱼落渔网，我们站在渔网中间被撞得好疼，浑身湿漉漉的，但是也笑开了花！鱼儿们那么有活力，蹦得高高的，和它们一起嬉戏，让你觉得生活如此美好。十几斤的大胖鱼都很常见，抱都抱不住，它们太野了，活蹦乱跳的。把分好的鱼儿以最快的速度送到周围的鱼塘，在“新家”里再待一个月就要上市了。

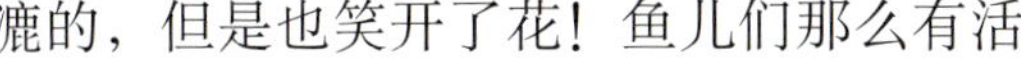

在银川，除了黄河文化、农耕文化，还有移民文化的交融。从秦朝开始，这里一直都有移民进入，屯垦戍边，再建家园。最典型的就是京星农牧场了，这里有新老两代拓荒人，他们引黄灌溉种水稻、养稻田蟹，见证了农场由盐碱地变粮仓的风雨62年。这一代拓荒人来自北京、河南、浙江等地，奉献了整个青春和人生。我们把镜头对准了93岁高龄的卫砚英老人，从她的讲述里知道了农场的过去。

卫砚英：第一个印象就是荒凉，荒滩，就是一张炕席，什么也没有，想回不敢回，回不去。蚊子特别多，干个活，腿上满满的。你要割麦子，一摸一把血，反正有的（人）下了火车，到这下汽车，下了汽车一看不行，又走了。你没看过那个大轱辘子车，我告诉你沉着呢，棒小伙子驾辕，我们妇女用绳子拉着，就是这样的。

拉粪、挖草、填土，卫砚英一家和20世纪50年代从全国各地来的2000多名拓荒者，为响应国家号召，一起在黄河滩涂地开垦荒地1万多亩，建成了被称为“散落在北京城外一颗星”的京星农牧场，他乡成了故乡，故乡成了永远也回不去的他乡。

卫砚英：我妈把我40天就给人了，我一辈子都没有见过我妈，也没叫过妈，现在有人叫妈，我就真羡慕。

毛竞杨：所以就觉得挺遗憾的。

卫砚英：我的爸爸也没有了，都没有见过，苦啊，越想起来越苦，没有办法，把儿女抚养成人，这就算我的本性，也哭过，哭完了还是要过，所以也不怎么哭，我心眼大，我要妈妈在，怎么我也得回去一回，没有妈妈就没有整个念头了。没有姊妹，没有妈妈，没有念头了，大半辈子，就是骨头就送在这了。

听着卫奶奶的肺腑之言，我流着眼泪，哽咽地说不出话来，觉得卫奶奶这一生承受了那么多悲凉，那么多舛，又有谁能理解、感同身受呢？但是她并没有掉眼泪，反倒是我坐在她身边眼泪流个不停，她那么平静，还带着暖暖的慈祥的笑，我知道，卫奶奶的眼泪早已在她93年的人生里流干了，太多的苦难早已让她学会笑对人生，有了一份豁达、淡定和超然。干旱风沙是人们对银川的固有印象，但实际上你来到这里，会发现她绿树成荫、瓜果飘香，湖水星罗棋布，游人如织。这一切的改变都是因为什么？因为有这样的一群人，他们默默奉献，不求回报，也许他们平凡得就像沙漠里的一根柠条，但是生命力是如此的顽强，成片的柠条就能挡住漫漫黄沙。这种力量是巨大的，是无坚不摧的，是震撼人心的！

这次银川拍摄，最让我铭记和牵挂的是京星农牧场的拓荒人卫砚英奶奶和白芨滩防护林的护林师傅张学云。扎草方格种柠条、开垦荒地变粮仓，这样的工作是那么艰苦枯燥，可是他们一干就是三五十年甚至一辈子，整个青春和生命都献给了西北的热土。张学云初进林场时种植的小树苗现在早已长成参天大树，他也从一个小伙子变成了现在胡子拉碴的中年大叔，但是他却怀有一颗初心，说看到沙漠里自己种的每一根柠条心里都非常骄傲！当我们坐在城市窗明几净的大楼里，可曾想到在遥远的大西北，有这样

一群人，用他们的整个青春为我们换来了蓝天白云，青山绿水！配合我们拍摄的卫砚英奶奶刚做完白内障手术，20多岁随着丈夫从北京来京星农牧场，丈夫去世后，自己一个人把4个子女拉扯成人，岁月的磨砺让她流干了眼泪，超然淡定。我在前期策划《发现银川》时，都是按照大格局、小切口、大情怀、小人物来勾勒的，事实证明，这样的创作思路是巧妙、独特的。片中除了对黄河流经地域的民俗风情、人物故事的挖掘，还对银川境内的贺兰山岩画、水洞沟人类遗址、明长城遗址、兵沟大峡谷、黄沙古渡等具有丰富人文内涵的景区做了梳理和展示，体现了银川作为“丝绸之路经济带”的人文魅力。

当一座城市的美景不再是我们表面看到的，当我们愿意去走进她，去聆听她，一同欢笑，一同流泪，我们就一定能理解这座城市的性格、气质、精神和灵魂！向这群可爱的银川人致敬！

亚美尼亚大使的夸赞

2018年的9月到12月，我一直奔波在单位和亚美尼亚驻华大使馆之间，为了促成亚美尼亚之行的拍摄，《乡土》栏目在农影中心领导的协调之下，向农业农村部申请了因公护照，高大帅气的亚美尼亚驻华大使谢尔盖·马纳萨良先生和秘书Aram都给予了我们极大的支持和配合，积极地和他们国内的外交部、旅游局、农业部沟通，以便我们到达之后能顺利交流访问和拍摄。

亚美尼亚共和国，对于很多国人来说，是一个遥远神秘的国家。它在亚洲和欧洲交界处，首都埃里温，国土面积2.97万平方公里，接近我国海南省的面积，亚美尼亚人口将近300万。亚美尼亚共和国于1991年9月21日，正式宣布独立。她也是古丝绸之路上的一颗珍珠，她到底有着怎样迷人的魅力呢？2018年12月11日，我们赴亚美尼亚访问团摄制组一行6人在中国农业电影电视中心领导的带领下，经过俄罗斯转机，踏上了期盼已久的亚美尼亚共和国国土，激动的心溢于言表！

亚美尼亚之行只有短短的7天，除了要拍摄两期三十分钟的精彩专题片节目，我们还肩负着文化交流的重任，既兴奋也有压力。刚到的第二天早上也就是12月12日，我们应邀来到了亚美尼亚农业部，受到了当时的亚美尼亚共和国农业部副部长Artak Kamalyan的接见。他们的办公

大楼外观壮丽庄严，是圆拱形的结构，办公室里面简洁朴素，工作人员务实高效。农业部副部长Artak Kamalyan接受采访时说："我们这里空气清新，没有污染，水质优良，土壤肥沃，特别适合农作物的生长，我们的农产品杏子、葡萄、石榴等上百种水果非常可口。我们这里的葡萄酒、白兰地历史悠久、口感醇香。我们非常珍惜和中国之间的贸易往来，中国是亚美尼亚的主要贸易伙伴之一，希望更多的中国朋友能吃到我们国家的特色农产品。"我们还跟亚美尼亚外交部长官Serob Bejanyan一行会面，他们热忱地欢迎我们的到来，并规划了这几天的访问拍摄行程。接下来我们参观了亚美尼亚国家公共电视台，走访了他们的演播室，双方签署了合作备忘录。时任中国驻亚美尼亚大使田二龙先生得知我们来亚美尼亚拍摄，还在大使馆隆重接见了我们。我们对田大使进行了专访拍摄，他阐述了中国和亚美尼亚的源远流长的友谊。能作为访问团的成员进行文化交流，这是我 生都感到骄傲自豪的事情，而且还能深入亚美尼亚这个古老的国家拍摄，为中国人民了解亚美尼亚文化打开了一扇窗口，这是我毕生的荣光！

拍摄《你所不知道的亚美尼亚》（上下）两期节目，只用了4天的时间，可谓任务重、时间紧，什么都是第一次看到、吃到，采访的时候我们也只能根据了解的有限的资料和凭经验来判断感知了。上期内容侧重风土民情，下期侧重美食风味。

上期节目我们先是来到了大峡谷进行第一个挑战：高山溜索，这里山势险峻，深渊让人汗毛直立！亚美尼亚90%的地区海拔在1000米以上，属于高山大陆性气候，国内有小高加索山脉、阿拉加茨山等，巍峨矗立，热爱极限挑战运动的人们都会来这里溜索，挑战意义非凡。溜索工作人员用英文跟我交流，说：你必须勇敢跨出第一步，很快，就3秒钟，接下来就飞起来了。我还是很害怕，忐忑地说：我没有那么勇敢！工作人员就鼓励我：你是个勇敢的女孩！不知怎么的，平时哪里危险就爱去哪里挑战的我，这次是真的恐惧了，还掉了眼泪，觉得自己做记者好委屈。亚美尼亚的导游一直在安慰我，其实我是有恐高症的，站在高处就会晕眩，以前做节目比如体验空中飞伞等，我都是硬着头皮上的，这次终于绷不住了，哭了。墨菲定律告诉我们，你越害怕什么，就越会来什么。可能正是这种不祥的预感造成了我后面的受伤。溜索的过程中，我还要手持运动摄像机GoPro，拍摄自己在溜索过程中的反应，后来我看了录制镜头，全程我都是紧闭双眼，尖叫不断，虽然溜索的过程非常快，如同风驰电掣，但是对于我来说，还是忍受了很久。就在溜索快要结束的时候，接应我的师傅操作幅度大了一点，导致我的头撞在了溜索的钢绳上，头皮破了，当时鲜血直流，我的第一反应是：这是破了相吗？接下来的几天拍摄可怎么办？不过我身体素质还行，在药物的作用下，虽然脸部有些浮肿，脑门的伤用刘海盖住，也无伤大雅，后面几天拍摄没有受到大的影响，我想人难看就难看吧，只要心是真诚的，节目就会好看。所以亚美尼亚之行，让我刻骨铭心！

第二站我们在导游卡亚娜的带领下，来到了首都埃里温最大的文创市场，这是一个集工艺品、老物件于一体的集市，有点像老北京的官园市场，在这能淘到很多日常生活中见不到的东西。亚美尼亚人是世界上最古老的民族之一，生活在亚美尼亚高原已经有几千年了。由于地处古丝绸之路，曾经的亚美尼亚是欧亚板块的一个重要贸易中心，也是一个文化生活的荟萃之地，所以一些老古董出现在民间不足为奇。我们发现了一双古老的牛皮鞋，由于岁月的风干，它已经没有牛皮的味道了，只有鞋身，没有鞋面，两侧还有针线的痕迹，摊主说这双牛皮鞋有200多年的历史了，估计是过去他的先民们穿过的。巧的是，我们在亚美尼亚历史博物馆，也看到了一双牛皮鞋，不过它可是文物级别的，据考证在一个阴凉干燥的山洞里，被考古团队发现，据说是世界上最古老的牛皮鞋，有5500年的历史，早于埃及大金字塔1000年。在集市上我们还看到了1897年出产的大小不一的铜盘，已经氧化发黑了，泛着岁月沉淀的幽光。这些铜盘是亚美尼亚先民们用来放水果的，在节日重大场合使用，显得很隆重，更加有仪式感。最让人难忘的是在铜盘的旁边我们发现了一个铁质熨斗，拎起来沉甸甸的，和现在的电熨斗不同，它没有电源接口，拿它怎么熨烫衣服呢？亚美尼亚先民还是很有智慧的，在没用上电之前，他们把熨斗的肚子做成空心的，里面放上烧红的木炭，这样通过铁的导热，来熨烫衣服，太有趣了。老板说这个木炭熨斗有150年的历史了。我就好奇，这样的熨斗不会把衣服烫坏吗？我猜想如果是新手，掌握不好火候的话，一定会把衣服烫煳的！在集市上，还有古董级别的装红酒的木桶，装酸奶的木桶、烤肉陶罐、木制纺线机等一些日用品，我们都进行了揭秘采访，眼界大开！在一位亚美尼亚小伙子的配合下，我吹响了一只杜杜克，他帮我用手指不停地按，我使劲用嘴吹就行了，吹的腮帮子疼，好在游泳健身十多年，肺活量还可以，所以吹得还算好听。小伙子说，亚美尼亚杜杜克是世界上最古老的乐器之一，有3000多年的历史了，跟中国的笛子很类似，用于人们的婚礼和葬礼乐曲的吹奏。他的一支杜杜克大概卖50美金。16—18世纪，这种杜杜克还随着亚美尼亚商人“走遍”了各大全球贸易路线。它的材质是杏树木，也被称为“杏笛”，通过口唇的吹奏以及手指对8 ~ 9个音符的控

制，能发出一种轻柔、略显苍凉、幽怨的曲调。在我们都知道的经典大片《泰坦尼克号》《角斗士》等电影里，都有杜杜克悠扬的音调。和杜杜克一样有历史价值的还有亚美尼亚手工地毯，早在中世纪就有了，它是小亚细亚、中东和外高加索地区最古老民族的实用艺术之一，据说过去的年代里很多重要消息都是通过地毯来传递的。在一家大的地毯厂，我们拍摄到了织毯女工忙碌却有条不紊的身影。一只手拿工具，另一只手在织线里上下穿梭。这个动作要重复30多万次，才能把一张三五米长的地毯织成，很有工匠精神。我观察了半天，手法有点像中国的通经断纬的织法。旁边挂了一副看起来很旧的挂毯，却价值3万多元人民币。一打听，原来这副挂毯100多年了，不光是纯手工织成，而且染色的毛线，都是用纯天然的植物染料浸泡而来，所以100多年过去了，它看上去还是花色明艳、精致美观。

我没有想到，亚美尼亚还有专门的中文学校，比如孔子学院，在这里，亚美尼亚的男孩女孩可以学习中国书法、茶艺、剪纸、舞蹈、乐器等。我们过来拍摄时，一个叫斯图的十来岁小男生还给我泡了一杯茶，双手递给我，虽然有点笨拙，但是仪式感满满的，逗得旁边的同学直笑。

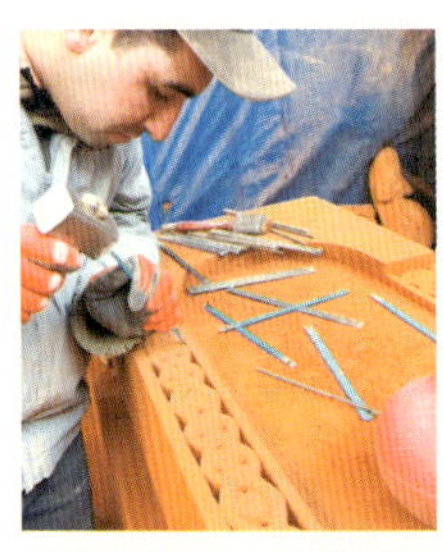

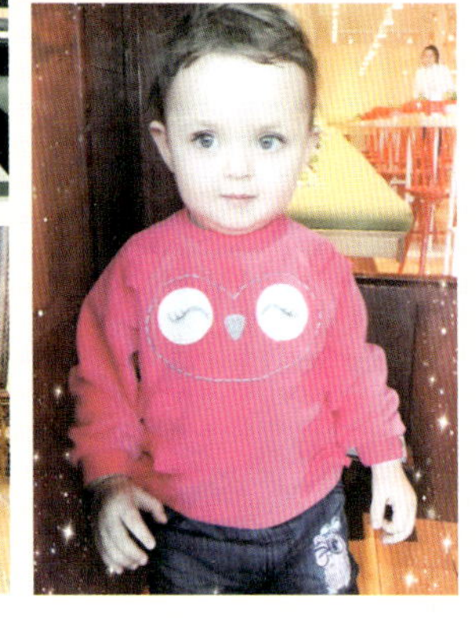

一整套茶艺学下来，选茗、择水、煮茶、倒茶，不仅要动作标准，还得优雅，对亚美尼亚学生来说虽然难，但是很有趣。一位中国老师剪了一个大红囍字递给我，我说：斯图，送给你！等到你十年以后再用吧，你知道这是什么意思吗？斯图一脸疑惑。我说：当你喜欢上一个女孩子的时候，你可以说“I love you”然后就把这个给她。斯图腼腆地笑了，他似乎明白了囍字的含义。大家也都哄堂大笑。

2009年，埃里温国立语言大学成立了孔子学院，在亚美尼亚学生看来，要想了解更多的中国文化，就得来这里学。这里还有学生学习了葫芦丝，现场吹奏《月光下的凤尾竹》，让人觉得好像穿越来到了云南的西双版纳，韵味地道，我们的民族乐器口弦在这儿也有中国老师开设课程，让他们模仿学习。埃里温国立语言大学孔子学院的副院长Gor Sargsyan在接受我们采访时，用很纯正的中文说：每个学生在孔子学院学习，他们是需要读孔子的，亚美尼亚人、中国人，我们都爱父母、爱孩子，家人亲情是最重要的，所以我们很像。为了迎接我们摄制组的到来，这里可爱的女孩们还每人写了一幅“我爱中国”的书法。而她们合唱的“五星红旗迎风飘扬，胜利的歌声多么响亮，歌唱我们亲爱的祖国，从此走向繁荣富强……”是那么的字正腔圆、深情纯真，真的震撼到我们了，我完全没有想到，在遥远古老的亚美尼亚，有这么多发自内心热爱中国文化的男孩女孩，而当你听到一位亚美尼亚女孩唱“大海啊，大海，就像妈妈一样，走遍海角天涯，总在我的故乡……”完全会觉得这动听的歌喉，应

该是从一位中国女孩的口里发出的，那么婉转、深情，听着听着眼泪都要掉下来了，这熟悉的乡音乡情。

除了孔子学院，埃里温还有2018年成立的中亚友谊学校，也是传播中国文化的地方。和我们交流的时候，他们都说着还不太熟练的汉语，但是脸上绽放的笑容说明了一切：我爱你中国！时任中国驻亚美尼亚共和国大使田二龙先生接受采访时说：中亚友谊学校所有的408名中小学生，都是以汉语为第一外语的，包括教育理念、尊老爱幼、尊师重教这方面，亚美尼亚和中国在传统理念、价值观念等方面，都有很多相通的地方。

四天在亚美尼亚的紧张拍摄，我们忙得几乎没法思考，日程排得太满，工作时间都是按分钟来计算，在国内我们拍摄一期30分钟的节目一般都需要一周左右，但是这次不到一周的时间却需要拍摄两期30分钟的节目，难度还是很大的。上集节目除了里讲述亚美尼亚古老充满魅力的民俗，我们还去了高加索最大的高原淡水湖泊之一——塞凡湖，总面积940多平方公里，在海拔1900多米的中部地区，它像天空之境一样空灵、恬淡；苍凉古朴的加尔尼神庙，让人心生敬畏，建于1世纪，用于祭拜太阳神。

在《你所不知道的亚美尼亚》下集里，我们主要拍摄了亚美尼亚的美食风味。亚美尼亚菜肴的最大特色就是香料搭配精细，这些来自高山草甸的药草和绿色食物，很有异域特色。因为亚美尼亚是一个农业国家，牛羊养殖业发达，他们经典的美食有烤肉、水果果脯，还有亚美尼亚葡萄酒白兰地等。就拿烤肉来说，他们的肉串大得让人咋舌，一块肉起码2两重，三四块肉串在一根半米多长的大铁钎上进行烤制。肉块是要提前腌制的，用洋葱水、辣椒粉、百里香等，腌出来非常香。肉串串好之后，放在炭火上用文火烤，还得不停地来回翻动，不到半个小时，焦黄油滋滋的烤肉就飘香了，让人垂涎欲滴，不过可不能直接吃，他们还要配上薄饼，在当地叫拉瓦什，只有一张羊皮纸厚薄。打薄饼需要用两只手和胳膊来回打，才能变得越来越薄，这个就是很专业了，我们外行来打薄饼就是来捣乱的，没有时间的磨炼根本打不出一张拉瓦什。烤拉瓦什的时候非常难，因为坑里太烫了，足有400多摄氏度，稍不留神面饼就掉进坑里，只能用铁钩勾出，浪费了面饼和精力。把拉瓦什快速地贴在滚烫的地坑壁上，过一两分钟后，再快速用钩子勾出。烤好的薄饼焦香酥脆，再卷进烤肉，咬上一口就满口生香，太好吃，太享受了！

除了烤肉，再就是水果了，亚美尼亚的水果非常有名，水果品种不下100种，光葡萄就有40多种，此外还有桃、苹果、梨、樱桃、石榴、无花果、杏等。因为亚美尼亚海拔高，光照充足，所以水果含糖量高。在亚美尼亚，你一年四季都能吃到瓜果，夏季吃新鲜的，到了冬季就可以吃到水果果脯了。他们爱吃甜食的程度超乎我们的想象。任何一种水果，都可以被加工成果脯，这些果脯有成串的、有花式果盘，色彩绚烂、香甜诱人。我们在回国的时候买了好多这样的果脯、果盘送朋友，好看又好吃。亚美尼亚北纬四十度的地理位置为种植优质的葡萄提供了优渥的环境。这里也是世界上最为古老的葡萄酒酿造区，有距今约6000年的洞穴，考古学家在此发现了葡萄酒生产设施——发酵缸、仓储大桶等，这些历史让亚美尼亚人引以为傲。我们还去了葡萄酒酿造博物馆，收藏了几个世纪以来超过3000种的葡萄酒，有意式、法式、亚美尼亚式。英国首相丘吉尔曾经说过：晚饭从不迟到，抽哈瓦那雪茄，喝亚美尼亚科涅克酒。这科涅克酒就是白兰地，从1887年开始，亚美尼亚就有了第一座白兰地酒厂，这里生产的白兰地在老化的过程中，加入了干果、香料、巧克力和香草等，使得白兰地风味独特，享誉世界。为了拍摄节目需要，我也品尝了亚美尼亚红酒，虽然通过看、闻、品等手段，我还是没能鉴别出年份久远和年份近的葡萄酒，可能跟平时在国内几乎不喝酒有关。在亚美尼亚朋友的指引下，我知道了根据颜色深浅来辨别葡萄酒年份，这是最简单的办法了。颜色越深的，年份越长，颜色越浅的，年份越短，不过不管年份口味，最适合自己口味的就是最好的葡萄酒。在亚美尼亚短短的三天访问和四天拍摄，总共七天的行程里，我们深深感受到了亚美尼亚人的好客、淳朴、简单、善良，这里仿佛人间的一片净土，没有经过现代化工业的污染，在古老的历史和技艺里，他们传承却不守旧，他们创新着、创造着，一起续写着未来的乐章。不过我们和亚美尼亚的缘分未完待续，为什么这么说呢？

2019年1月28日、1月29日，《你所不知道的亚美尼亚》（上、下）相继播出，收到了不错的收视效果，据官方收视率调查分析，大概有2000多万的中国观众收看了这两期节目，相比较亚美尼亚国内的300多万人口，中国观众的收视群体是庞大可观的，所以传播效果显著，作为媒体工作者，我们也为能传播中亚友谊而感到欣慰。驻华大使谢尔盖·马纳萨良先生很认可我们这次亚美尼亚之行拍摄的节目，不仅来我们农影中心审看了节目，而且给予了表扬和赞许。大使先生和亚美尼亚外交部沟通好之后，一致决定再次邀请我们到亚美尼亚拍摄，也就是在2019年亚美尼亚杏子等水果成熟的季节。

于是在2019年6月11日，历经多次协商沟通，我们再次坐上了飞往亚美尼亚的国际航班。和上次不同，这次在莫斯科转机足足有9个小时的等待时间，为了充分利用这9个小时，我决定从莫斯科机场出来，到红场转一下，我的提议遭到了两位摄像的反对，反对的原因是人生地不熟，怕丢。我觉得，都这么大的人了，虽然不会俄语，但是用简单的英语跟俄罗斯人问路、打招呼应该是没有问题的吧，怎么会把自己走丢了呢！他们不敢离开机场，那我自己去！于是我在机场换好了卢布，就坐上了巴士，来到了地铁站，我用英语打听“red square”究竟在哪一站下？俄罗斯的地铁真的很宏大，幽深、古老，一看就具备军事防御功能。在里面唱歌的流浪艺人声音能传得非常远，而且悠扬。我从地铁站出来，一眼就看到了举世闻名的红场，太激动了！看到了庄严肃穆华丽的克里姆林宫！红场上来自世界各地的游客很多，大家都不分你是哪国的，脸上都挂着友善、温暖的笑容。更巧的是，我还在红场碰到了俄罗斯的媒体同行，一起合个影，我才发现他们用的设备跟我们国内用的差不多，很亲切。一个人拍照是个难题，我走到哪就随机让一旁的游客帮我拍照，大家都互相帮忙，乐此不疲。小时候就经常听爸爸说俄语，他们那个年代的许多大学生都学俄语，他后来评上高级工程师，也是用的俄语。我来红场游历，也是为天堂的爸爸完成一个夙愿吧！9个小时的逗留，我一分钟也不想浪费，随即来到了克里姆林宫旁边的俄罗斯国家博物馆里

参观。陈列在这里的文物宝贝让我震撼，叹为观止。走累了，就在博物馆的咖啡厅里来杯咖啡，品尝一块蛋糕，和文物一起闻着咖啡香。大半天过去了，我意犹未尽，但是美丽的亚美尼亚在召唤我，赶紧原路返回，回到莫斯科机场，两位摄像小哥接上我，一起吃饭，看得出来他们好羡慕我的红场之行，悔恨的心碎了一地，我心里窃喜，这次红场之行是我一辈子的珍贵时光，留待将来给自己的晚辈们讲故事时炫耀吧，世界那么大，身体和灵魂一定要都在路上！

2019年6月13日，我们在亚美尼亚开始了8天的拍摄，这次拍摄时间更充裕，如果说第一次亚美尼亚行是走马观花，这次就是细细品味了。在《亚美尼亚寻“香”》这期节目里，我们把采摘季节的亚美尼亚水果一网打尽，比如最有名的杏子。在一个农场主的大果园里，有2000多颗杏树，每天可以采摘200公斤，一年下来收入颇丰。分果的大娘给我们挑了一个最甜的杏子，掰开黄绿色饱满的杏子，果肉绵软，入口清甜，没有一丝酸味，而且糯糯的，不硌牙。杏子可是亚美尼亚的招牌水果，这里也是杏的故乡，是杏种植最为古老的地方。据考证，在距首都埃里温20多公里的加尼神庙发掘了长达3000年历史的杏核。杏的学名是“亚美尼亚李”，很多游客都会在每年的6月来亚美尼亚旅游，就是因为想品尝这里闻名世界的杏的风味。杏子之所以获得长达几个世纪的喜爱，是因为很多亚美尼亚人认为，吃杏对心脏有保护功能，能免于疾病。杏耐寒、喜光、抗旱，是亚美尼亚人心中的吉祥果。除了亚美尼亚杏，还有草

莓、樱桃等水果，他们会把鲜果以及加工的果汁大量销往国外。当地人还留一部分自己吃，他们会做成“酥久克”，就是果干串，可以用来待客。把核桃仁用针和线穿成长串，再放进鲜亮的黄色糖浆里，这种黏稠的糖浆是蜂蜜和果酱混合成的，非常香甜。把串好的核桃串完全放进去，裹满糖浆，挂起来晾干，放一年也不会坏。亚美尼亚90%的地区海拔在1000米以上，光照充足的高山气候，让这里盛产甜美的水果。我们还吃到了一种用小瓦罐做成的瓦罐鸡，现在想起来都会直咽口水，那个香甜是无法用言语形容的。把烤好的土豆块和奶油、奶酪、牛肉一起放进土罐，再把土罐放进托盘，吊起来放进大馕坑里焖熟，奶香奶香的，哦，简直是人间绝佳美味！我对大厨说：给你打100分！大厨更风趣，他说：如果你们邀请我，我去你们中国做！我觉得这种瓦罐鸡如果出现在中国，食客们肯定会排队从前门大栅栏排到顺义。和瓦罐鸡一样好吃的还有火鸡，他们会把很多香料、辣椒酱涂抹火鸡全身，把几十种的配料塞进火鸡肚子，配料有麦子、香菇、碎青椒、香菜、茴香、西红柿、猕猴桃、土豆等，此时的火鸡肚子就变成了一个百宝箱，再包上锡纸，放进烤箱烤4个小时，拿出来，带着水果甜味的火鸡香味能传十里远。火鸡配葡萄酒味道是极好的，没有吃过的人是无法想象那个美好口感的。其实探寻美食是我们走近亚美尼亚人的一种方式，通过美食，我们可以看到他们对这人世的理解和态度。他们的美食里科技的成分很少，食物添加剂、防腐剂等几乎没有，大部分还是依靠手工，用最天然、新鲜的食材加以最精湛的技艺，拌上最强的耐心、爱心以及工匠精神，做出来不同凡响的人间美味，真正是“聚天地之灵气、吸日月之精华”，高端的食材往往用最朴素的烹饪方式，无需花哨摆盘，自有美妙滋味在。

在《亚美尼亚寻“奇”》里，我们以亚美尼亚古老的地理历史奇观为主线，拍摄了一期节目。节目开篇从“世界最长的直达双轨缆车”开始，这种缆车曾被收录在吉尼斯世界纪录中，长5.7公里，缆车时速37公里，距地面320米，驰骋在高山峡谷之间，用时10分钟。游客都是来自世界各地，我采访了一些游客，有来自德国的，法国的，大家都很兴奋，在缆车上，能感受到亚美尼亚高山植被被保护得非常好，远远看去，就像一张巨大的绿色毛毯包裹着大山。坐上被称作“塔特夫之翼”缆车，我们还有一个目的，那就是去到对面的古城堡——塔特夫修道院。这个建于9世纪的修道院，由三个教堂、一个图书馆、食堂、钟楼等组成。这里还有塔特夫大学，在动荡的年代，对亚美尼亚的文化保护起到了很重要的作用，这里还曾经被纳入联合国教科文组织世界遗产的预备名单。古城堡里到底有哪些奇妙机关呢？一进到大门，我们就被一个5米高的石柱吸引了，你说它是信号塔吧，又没有往上爬的梯子，它周围还有几个大石墩，那我们就猜测会不会是藏宝的地方。后来翻译玛格丽特告诉我们：在亚美尼亚经常发生地震，9世纪的时候先民就开始想办法预测地震的到来，避免危险。原来这是一个石柱验震器，能够预测地震波的方向。这里处于海拔1000多米的高山地带，地震时有发生，当地震即将到来，这个石柱就会倾斜，警示住在这里的人们，和我们中国张衡创造的地动仪有异曲同工之妙。我国的地动仪是在公元132年东汉时期发明的，塔特夫修道院的石柱验震器出现在9世纪。而在修道院里面，我们看到了很多修行人留下的印记，修行的日子是清苦的。比如有蜡烛熏黑的洗手池，还有又圆又大的地窖用来储存食物，就像天然的冰箱一样，防潮防水、通风还好。在修道院的附近，我们又来到了一个有着3000年历史的石头村，这里的石洞都依山开凿，和我们国内贵州紫云县的住在山洞里的“最后的穴居部落”苗寨不同，我们这边是几十户人家群居住在一个大山洞里，而亚美尼亚先民是一洞一户，相对独立。走进洞内，非常凉爽，两米多高，还开有顶洞，这样采光和通风都能兼顾。虽然洞里的村民50年前在政府的安排下，搬进了附近的新家，但是这古遗址留了下来，供后人参观。我们进入到一个设施完备的洞，这里有好多村民留下来的生活用具。在一个木制的婴儿床上，我们看到了两个木制圆筒，比大拇指粗一点，长一点，有点像烟斗，但不是。猜来猜去，我们也不知道这个小玩意到底是干嘛的。还是在山洞里出生的村民大叔告诉了我们答案。大叔把这个玩意插在婴儿床的大圆洞里，原来这是小男孩的小便器，用烟斗的大头接小男孩的小便，尿液就通过木筒流到了床下面，这个木筒就起到了引流的作用，不会弄脏婴儿床。还有一个木筒没有烟斗大头的，只是在木筒一头开了个凹槽，这是为女婴准备的，有趣吧！我就问大叔：您小时候用过这个吗？大叔腼腆地笑了，笑而不答就是答案，大叔小时候肯定是用过的，因为他是出生在石头村里的。对于我们现在的游客来说，石头房子是冰冷的，但是在过去，对于亚美尼亚人来说，这里就是一个温暖的家，外面不管是风吹雨淋，回到家里就是最温暖的避风港了。大叔说山洞石头房是他儿时美好的回忆。

离开了塔特夫修道院和石头村，我们来到了杰尔穆克养生小镇，这里是亚美尼亚著名的度假胜地之一。在亚美尼亚语中，杰尔穆克有热矿泉的意思。这里有44个疗养温泉，温泉里含有丰富的化学成分。55摄氏度的水温可内服外用。为了探个究竟，我也喝了几大口这里的热矿泉，有点咸，还有一点甜，像是加了调料，但实际它们是纯天然的地热水。为了试验这个水是不是有55摄氏度，我们还特意拿来了一杯冰块，把它放在水流下面，果然冰块很快就融化了，变成了一杯热水。我们采访的专家说，这种热矿泉水含有多种微量元素，对胃肠道疾病、肝脏、肌肉骨骼、妇科疾病、糖尿病等都有养生保健的功能。所以来小镇疗养的人会经常来喝，还灌上几壶带走，看来对于保养身体世界各地的人态度都一样，很看重。在小

镇附近的山里，我们来到了纯天然的温泉池，纯天然到没有任何人工痕迹，甚至是换衣服的地方都没有。翻译玛格丽特很喜欢这样的天然温泉池，她跳了下去，让汩汩流出的泉水给自己按摩。我因为要采访，穿了一条短裙，有所顾忌，没能完全泡进去，但是站在温泉池里，清可见底，沉浸在大自然的青山鸟鸣里，劳碌疲惫一扫而空。胳膊上被蚊子咬的小疙瘩也被温泉水抚摸治愈了。玛格丽特把背对着泉眼，让泉水充分按摩，给自己的关节松一松，看她好享受，我和摄像都好羡慕，大家都没有随身带泡温泉的衣服，只能一边拍摄一边暗自后悔了。我看玛格丽特一直在温泉池里不肯出来，就打趣地说：珍珠，你不能泡太多，你泡时间太长，一会出来的时候都18岁了！胖胖的女翻译玛格丽特听懂了，她开怀大笑起来，大家都被这笑声洗去了疲惫……在这期亚美尼亚探奇的节目里，我们还采访了艺术家阿尔曼·努尔，第一次见到他的时候，他正光着膀子和一些国际艺术家们在一堆石头里雕刻自己的作品，络腮胡子，粗犷豪放。

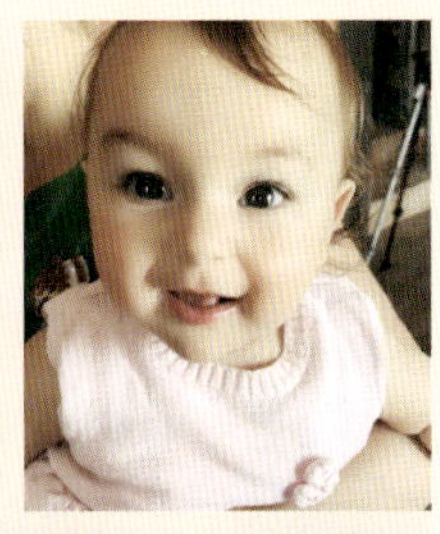

简单交流之后，他请我们喝咖啡，我本来就很爱喝咖啡，但是阿尔曼的喝咖啡方式我还是头一次见。把咖啡粉倒入纸杯，再用开水冲泡，然后放点白糖，就可以喝了。我尝了一下，味道真不错，醇厚有回味，比起我们在国内喝的速溶咖啡或者现磨咖啡，过于精细，他的咖啡野性十足，也许这才是咖啡本来的魅力吧！喝了咖啡，我就更有精神了，和艺术家聊得更开心了。

阿尔曼说，我做艺术的目的就是要帮助人们成为更善良、更优秀、充满爱心的人，只是我现在做得还不够。除了雕刻艺术作品，阿尔曼还有着自己的珠宝店，这些珠宝融入了亚美尼亚的民族特色，比如把母语36个字母做在手链上，同时还借用不同的材质比如黄金、油画颜料等，让时尚元素凸显出来，有阴阳锁式的项链，还有精美到无与伦比的蜻蜓摆件等等，每一件都美。只是价格昂贵，现在回想起来有点后悔，当时没有买一件带回来，能做一辈子的纪念多美好！

2021年9月23日，在亚美尼亚驻华大使谢尔盖·马纳萨良先生的邀请下，我参加了亚美尼亚共和国独立30周年的庆祝招待会。在大使馆里，我感受到了浓浓的节日氛围，来自不同国家的朋友们欢聚一堂，再次和大使先生见面，他还是那么亲切、快乐。在我的心里，大使先生不仅睿智、包容、善良、大气而且还很幽默、可爱，有一颗童心。整整5年的友谊，我们彼此都很珍惜。很难忘2020年2月，疫情肆虐，大使谢尔盖·马纳萨良先生发给我亚美尼亚朋友录制的视频，为中国疫情加油打气！这些当时留在中国和国人一起风雨同舟、共渡难关的亚美尼亚朋友们，他们是那么的乐观、善良、纯真，就像他们说的：“我们的心永远和中国在一起！”我想说：“我们的心也永远和亚美尼亚在一起！”